KB157443

저랑 축제
갈래요?

포레스트 웨일
공동 작가

윤도리 | 꿈꾸는쟁이 | | 리온 | 모지랑이 | 체누(ch.e.nu)
김동방 | 윈터 | 서리 | 글짱 | 장예원 | 사각사각 | 다담
문 소연 | BlueMoon | 김혜연 | 김승현 | 유준영 | 미나
기록 그리고 기억 | Yunsthinking | 성유진 | ED | 빈집털이
김원민 | Labee | 수현 | 연분홍 | 사랑의 빛 | 젤라 | 오지 | 박세용
이상 | 쿠크타스 | 안태준 | 강다은 | 메리골드 작가

차례

필명	축제	페이지
1. 윤도리	즐겨봐, 축제니까	9
2. 윤도리	경험의 증거가 된 즐거움	11
1. 꿈꾸는쟁이	화려한 축제의 묘미보다는…	13
2. 꿈꾸는쟁이	베리어프리 축제	14
3. 꿈꾸는쟁이	글 축제	16
1. 리온	지금의 시간	18
2. 리온	계절의 기억	19
1. 모지랑이	불꽃놀이	20
2. 모지랑이	클라이막스	21
3. 모지랑이	시작	22
1. 체누(ch.e.nu)	서막	23
2. 체누(ch.e.nu)	이 축제가 끝나고 나면	24
1. 김동방	축제의 순간	25
1. 윈터	단풍축제 하나	28

2. 윈터　　　단풍축제 둘　　　　　　　29

3. 윈터　　　단풍축제 셋　　　　　　　30

1. 서리　　　그래서 인생을

　　　　　　축제라 하나 봅니다　　　31

2. 서리　　　축제의 마무리

　　　　　　같은 삶은 어떨까요　　　32

3. 서리　　　끝나지 않을 축제를

　　　　　　열어야겠습니다　　　　　33

1. 글짱　　　푸드트럭　　　　　　　　34

2. 글짱　　　불꽃놀이　　　　　　　　36

1. 장예원　　당신은 나의 축제입니다.　38

2. 장예원　　주문　　　　　　　　　　40

1. 김미생　　빵빠레와 폭죽,

　　　　　　그날의 숙제.　　　　　　41

1. 사각사각   가을을 부르는 축제   49

2. 사각사각   축제는 언제였을까?   54

3. 사각사각   한 여름의 판타지아

그 이후   60

1. 다담   향수(鄕愁)의 향연(饗宴)   66

2. 다담   장미 한 송이와 축제   73

3. 다담   Last Festival   80

1. 문 소연   생각의 축제   86

1. BlueMoon   나의 하나뿐인 축제, 그대   88

2. BlueMoon   고의적 분실물   89

3. BlueMoon   축제의 삼원색   90

1. 김혜연   축제여라, 내 인생   91

1. 김승현   칭다오   96

1. 유준영   비의 축제   99

1. 미나　　　　　　거리의 축제　　　　　　　101

1. 기록 그리고 기억　　　폭죽　　　　　　　104

2. 기록 그리고 기억　　　끝에서의 시작　　　105

1. Yunsthinking　　　　축제 고민　　　　　106

1. 성유진　　　　축제　　　　　　　　　108

1. ED　　　　　불꽃축제　　　　　　110

1. 빈집털이　　　기립박수　　　　　　111

2. 빈집털이　　　소년아, 고민이 너보다

　　　　　　　　커지기 전에 잠에 들어라　　113

1. 김원민　　　밤하늘의 연주　　　　116

2. 김원민　　　불꽃　　　　　　　　118

3. 김원민　　　가벼운 몸 무거운 꿈,

　　　　　　　무거운 몸 가벼운 꿈.　　120

1. Labee　　　불꽃축제　　　　　　124

2. Labee 인생 126

1. 수현 펑 128

2. 수현 기폭장치 131

1. 연분홍 불꽃놀이 133

1. 사랑의 빛 인생 축제 134

2. 사랑의 빛 탕자의 축제 137

3. 사랑의 빛 오롯이 빛나다 : 축제처럼 141

1. 젤라 밖으론 축제가

열리고 있더라 145

1. 오지 백마 탄 왕자님 148

1. 박세용 반딧불이 축제 154

1. 이상 내 인생 축제는

끝났나 보다1 166

2. 이상 내 인생 축제는

끝났나 보다 2 173

3. 이상 　　　축제엔 역시 맥주지 　　　181

1. 쿠크타스 　　불꽃의 막바지 　　　　190

1. 안태준 　　　그날의 불꽃축제는 　　　192

1. 강다은 　　　축제는 누구에게나

　　　　　　　열리지 않는다. 　　　　199

1. 메리골드 작가 　　　불꽃놀이를 보며 　　204

축
제

즐겨봐, 축제니까

축제는 완벽할 수 없어.
자신이 그 축제를 미친 듯이 즐기지 못한다면,
그 축제가 추억 속에서 나오지 못하고 묻힌다면 말이지.

그렇기에 축제가 있는 오늘만큼은
편안하게 자신을 살짝 놓아두고
남의 눈치 같은 거 평소보단 덜 생각하고 가보자.

처음에는 그런 축제가 익숙치 않아서
자신도 모르게 우왕좌왕하면서 축제 속에 있을 거지만

그 축제가 나쁘지 않았다는 거, 그거 하나만큼은 기억
에 남을 거야.

그리고 그렇게 갔던 축제를 못 잊고
또 한 번 다른 축제에도 가보고 싶을 거야.
그렇게 축제의 경험이 쌓이게 되고
곧 자신만의 무대를 축제라는 세상에서 펼쳐낼 거야.
그게 바로 완벽한 축제가 되는 과정이지.

그러니까 즐기고 와.

경험의 증거가 된 즐거움

18년째 살아오면서 축제라고는 학교 축제가 전부였다. 하지만 그 축제마저 재미없다는 핑계로 빠지곤 했다. 그런 나에게 처음으로 축제를 직접 가는 일이 생겼다. 그 축제는 비록 진짜 축제는 아니지만, 나에겐 축제로 느껴졌던 지스타였다. 게임을 좋아하기에 한 번쯤은 가보고 싶었고 그 바램을 수능까지 1년을 앞둔 고2의 내가 수능 날에 이루었다. 친구랑 단둘이서 부산까지 버스를 타고 지하철도 타면서 우왕좌왕하면서 도착한 지스타, 목요일임에도 많은 사람이 현장에 있던 것은 아직도 잊히지 않는다. 평소 소극적인 나는 친구를 이리저리 따라다니며 게임을 체험하고 상품도 얻으면서 체력이 빠진다는 것이 확실히 느껴졌다. 하지만 체력이 빠져도 전혀 힘들지 않았을뿐더러 친구가 옆에서 도와주다 보니 남들의 눈치를 덜 보게 되었고 부담 없이 지스타를 즐겼다. 그곳에서 축제는 즐기러 가는 것이기에 나 자신이 즐길 수 있어야 한다는 것을 깨달았다. 그 뒤로 여러 축제를 가면서 방방 뛰기도 하고 같이 노래 부르기도 하고 큰 목소리로 응원해 보는 나를 발견할 수 있었다. 지금은 오히려 10대의 최대 고비인 수능을 빨리 끝내고 더 많은 축제를 즐겨보고 싶은 내가 되었다. 그렇기에 "즐겨봐, 축제니까"라는 글을 써보는 내가 될 수 있었다. 이게 내가 축제를 즐긴 경험에서 나온 글이다.

화려한 축제의 묘미보다는…

어떤 축제든 간에 축제의 피날레는 불꽃놀이라 생각한다.

축제의 밤하늘을 빛의 파편들로 수놓는 그 순간에 나의 최애와 마주쳐 축제의 불꽃놀이를 함께 바라볼 수 있다면 내게는 그것이야말로 최고의 축제일 것이다.

내가 그렇듯 다른 누군가한테도 화려한 축제의 묘미보다는 정말 함께하고 싶은 사람과 같이 즐기며, 함께하는 하루가 축제일 수도 있지 않을까...

베리어프리 축제

연중행사처럼 매번 여름 야외에서 하는 음악 페스티벌처럼 베리어프리 축제도 있었으면 좋겠다.

장애인을 포함한 사회적 약자 대한 일률적이고 교과서 같은 형식적인 인식개선이 아닌 함께 어울리면서 자연스럽게 이해할 수 있고 서로 공감할 수 그런 베리어프리 축제가 음악 페스티벌처럼 다채롭고 다양하게 있으면 좋지 않을까...

사회적 약자들에게도 다양한 축제를 즐기고 누릴 권리가 있음에도 불구하고 우리의 현실은 사회적 약자들에게 제한된 것들이 너무 많다.

사회적 약자들도 똑같이 소리 지르며, 즐길 줄 아

는 사람들이 많다는 것을 이 세상은 너무 모르는 것 같다.

　다양한 사람들이 있듯이 축제도 특정 축제뿐 아니라 시대의 변화에 걸맞은 축제도 있어야 한다고 생각한다. 그러므로 나는 원한다. 사회적 약자가 배제되지 않고, 누구나 편안하게 마음껏 즐길 수 있는 베리어프리 축제를 원하고 원한다, 모두를 위한 베리어프리 축제가 다채롭게 이루어지는 그날을 기다리며...

글 축제

재즈 페스티벌이나 뮤직 페스티벌처럼 정기적으로 하는 글 축제가 있었으면 좋겠다.

글을 좋아하는 사람들이 마음껏 즐길 수 있는 축제 평소에 동경하는 유명 작가들의 미니 북 토크 포함하여 그림처럼 글 전시도 해 놓고 다양한 글들을 색다른 방식으로 즐길 수 그런 글 축제가 있었으면 정말 좋겠다.

누군가는 디지털 시대에 동떨어지는 축제라고 비웃을지도 모르겠지만.... 다양한 분야의 작가들과 글을 좋아하는 사람들이 한자리에 모여 서로 소통과 조언을 나누면서 함께 즐기는 글 축제를 통해 누군가에게는 새로운 아이디어의 발판이 될 수 있고, 또 다른 누군가에게는 잊지 못할 추억과 함께 희망의 계기가 될 수 있는 그런 글 축제가 있었으면 좋겠다.

지금의 시간

많은 사람 사이에 섞여 거리를 걷고
다양한 것들을 보며 느낄 수 있는 시간,
또 하나의 추억을 소중한 사람과 함께.

기대와 설렘을 가득 안고 즐길 수 있는 곳,
웃음꽃이 활짝 피어나는 날들이 많지 않아도

밤하늘의 별이 반짝일 때 주변의 거리 또한 반짝이고
지친 하루를 토닥이며 혼자가 아닌 누군가와 함께
보낼 수 있음에 감사하고 추억을 만들어 갑니다.

계절의 기억

많은 사람이 모여있는 이 자리에 우리들이 있었다.

아무런 걱정 없이 즐길 수 있는 하루,
같이 있는 것만으로도 힐링이 되는 시간,
언젠가 기억하게 될 또 하나의 이야기.

똑같은 일상에서 벗어나 찾아온 오늘을 위해
좋아하는 사람과 같이 있음에 행복합니다.

불꽃놀이

은하수는 꼬리마저 찬란하고,
물을 끼얹은들 그마저도 방울꽃이 될 준비를 하는데

난 비겁한 변명에 숨어 날개를 접는다

그럼에도 빛이 될 무언가를 찾으려
다른 어둠 속으로 들어가는 나에게,
날아오를 용기 하나 없을 건 또 무엇인가

클라이막스

하루는 모든 날이 되고,
네가 머문 시간은 축제일 테니
숨을 고르고 눈을 떠봐

고요가 깨어나고,
불안함은 또 다른 빛으로 태어날 테니
몸을 던져 더 크게 타올라 봐

가도 돼, 너에게 이 계절은 찬란일 거야

시작

햇살이 그린 우리의 그림자와
바람이 내린 시원한 샴푸 향에
쓸쓸했던 거리가 물든다

겨울이 남긴 긴 여운과
여름이 귀뜸한 상큼한 하늘색이
지쳐있던 세상을 일으킨다

천천히, 그리고 다시

서막

한 줄기 불빛에 점점 포개어져 가는 하나의 그림자
그 속에 퍼져가는 수많은 감정에
각자가 가지고 있는 힘든 마음은 여기 내려놓고
짧은 시간에 지니는 즐거운 감정들을 하나씩 가져가
세요
이 축제가 당신을 위로해 줄 거예요.

이 축제가 끝나고 나면

이 축제가 끝나고 나면
깊은 여운 가득 담아 몇 번이고 떠올려 보겠지
사진 한 장의 추억을, 두 눈을 통한 기억으로
행복한 감정의 연장선을 만들어 나가는
나의 가장 아름다운 시간이여

축제의 순간

축제 기간이 다가올수록 사람들은 기대감을 가집니다. 축제는 언제나 재밌고 어떤 방식으로 날 즐겁게 만들지 상상하며 말입니다. 그렇게 각자의 방식으로 축제를 준비합니다.

시간이 흘러 축제가 시작됩니다. 약속이라도 한 것처럼 많은 사람들이 시간에 맞춰 축제의 장소로 발걸음을 옮깁니다. 점점 목적지와 가까워질수록 사람들의 함성과 음향 소리가 섞인 채 우리를 맞이합니다.

초대받지 않는 이방인 같은 느낌에 주변을 둘러보

며 분위기를 파악합니다. 각자의 방식대로 축제를 즐기는 듯합니다. 어떤 이는 춤추며 또 어떤 이는 주변의 풍경을 보며 이야기를 나누기도 합니다. 주변인들을 신경 쓰지 않는 것을 깨닫습니다.

곧 언제 그랬냐는 듯이 낯선 느낌은 사라지며 점점 축제 속으로 동화되어 갑니다.

시간이 흘러 노을이 집니다. 하늘에는 어둠으로 물들고 수많은 폭죽이 꽃이 피듯 터지기 시작합니다.

그 순간 아이는 폭죽을 향해 환호하며 뛰놀고 연인들은 서로의 얼굴을 바라보며 앞으로의 행복을 약속합니다. 어디서 살고 있는지 어떤 상황을 겪고 있는지는 잘 모르지만, 많은 사람은 폭죽이 터지는 하늘을 보며 잠시라도 일상의 고단함을 내려놓습니다.

어느새 축제는 끝을 향해 달려갑니다. 사람들의 표정을 보니 아쉬움이 가득한 것 같습니다. 아마도 축제가 마무리된다면 다시 분주한 일상으로 돌아가기 싫은 마음에 그런 것일지도 모릅니다.

그렇지만 축제의 순간이 있기에 우리는 다음 축제를 기대할 수 있을지도 모릅니다.

축제는 언제나 재밌고 어떤 방식으로 날 즐겁게 만들지 상상할 수 있기에 말입니다.

단풍축제 하나

떨어지는 단풍잎을 잡으면
사랑이 이루어진답니다
그대의 사랑을 이루어주려 제가 피었나 봅니다
겁 없이 뛰어내립니다
셋, 둘, 하나,
낙하!

단풍축제 둘

어제 폈던 붉은 단풍

차가운 빗줄기에

떨어져 죽었습니다

보기 싫습니다

그 며칠 예뻐 보이려고

그리도 힘들게 피었을까요

빗줄기가 밉습니다

눈물을 훔칩니다

단풍잎에 손 우산 씌워줍니다

바람에 예쁘게 실려 가렴

아프지 않게

단풍축제 셋

흔들흔들 그네 타던 단풍 한 잎
거리의 연인들을 넌지시 내려다봅니다
그네줄이 툭 하고 끊어지며 추락합니다
괜히 예쁜 표정 한번 지어봅니다
어느 사진에 담길지도 모르니까요
뾰족한 손도 한번 흔들어 봅니다
안녕!

그래서 인생을
축제라 하나 봅니다

불꽃축제에 돌아오는 길은 혼비백산이지요
벚꽃축제에 남는 것은 떨어져 밟힌 꽃잎이고요
마냥 좋고 예쁜 것은 어디에도 없습니다
그래서 인생을 축제라 하나 봅니다

축제의 마무리 같은
삶은 어떨까요

축제의 마무리 같은 삶은 어떨까요
불빛은 꺼지고 불꽃은 재가 되어도
여운만은 남아있는 그런 삶 말입니다
어쩌면 그 어떤 화려한 축제보다 빛날지도요

끝나지 않을
축제를 열어야겠습니다

그대 나를 보고 웃으면

나의 마음에는 축제가 열립니다

끝나지 않을 축제를 열어야겠습니다

그대 평생 나를 보고 웃어주세요.

푸드트럭

색색이 각기 다른 손 인사로

너와 나를 이끄는 푸드트럭 앞에

닭꼬치, 츄러스, 컵 떡볶이, 찹스테이크

양손 가득 담고도 아쉬운 듯

검은 눈동자는 즐거운 탐색을 멈추지 않고

이름 모를 건물 처마 밑에 마주 앉아

서로의 입 속으로 전해주는 애정은

히죽히죽 행복이 비집고 나와

춤추는 입술에 흥을 멈추지 못한다.

주거니, 받거니, 나누던 애정이 떨어지면

엉덩이 툭툭 털고 일어나 다시 손 맞잡고 걷는 길에

탕후루, 슬러시, 솜사탕, 쉼 없이 우리를 유혹하고
색색이 각기 다른 손 인사하는 푸드트럭 앞에
서로 어깨를 들썩이며 못 이기는 척
다시금 호로록 빨려 들어간다.

불꽃놀이

어깨를 스치는 수많은 인파 사이에서
혹여 너의 손을 놓칠까 불안은
너의 손을 더욱 꽉 쥐게 하고
어렵게 잡은 불꽃놀이 명당자리에
혹여 네가 불편할까 나의 품에
너의 작은 어깨를 품는다.
팡팡팡 까만 밤하늘을 수놓는
화려한 불꽃은 나의 가슴에
알록달록 화력을 터트리고
반짝이는 두근거림은
너를 가슴에 전율로 흘러

서로 마주한 얼굴에 파앙~

사랑해 또 다른 이름으로 울려 퍼진다.

당신은 나의 축제입니다

당신은 나의 축제입니다.

당신을 처음 만났습니다.

삭막한 내 마음에 해가 뜹니다.

당신과 함께 카페에 갑니다.

닫혀있던 내 마음에 문이 활짝 열립니다.

당신과 함께 저녁을 먹습니다.

고요했던 마음에 팡파르가 울립니다.

당신과 함께 달빛이 보이는 공원을 걷습니다.

게으른 내 심장이 화려하게 춤을 춥니다.

당신과 함께 드라이브합니다.

메말랐던 내 마음은 오아시스로 채워집니다.
당신과의 만남 후 내 마음은 축제입니다.

당신도 나와 같기를 기도하며 잠드는 밤입니다.

주문

막이 내렸다.
주문을 건다.

황홀한 여운이
빛이 되어서
그대의 마음속에
언제나 축제가 시작되기를.

빵빠레와 폭죽, 그날의 숙제.

#1

지긋했던 전염병 사태가 어느 정도 마무리 되어가는
현재. 근래에는 대학가들이 다시 활기를 찾은 듯하다.
예전만큼? 아직 그 정도는 아닐까,
이러나저러나, 이미 졸업한 나에게 별 관련은 없겠지만.

되돌아 곱씹어 보자면,
그 시절 새내기에게 대학 하면 축제 아니었던가?
첫 축제를 기다리던 마음은 기대와 낭만으로 가득 차
있었고, 그래서인지 금방 다가왔다.

대학 입학 이후 첫 축제, 그날엔 너도 있었다.

너는 고등학교 졸업 이후 바로 취업했고,
나는 대학에 갔다.

그날의 너는 직장인, 나는 대학생이었다.

#2
너와는 고등학생 시절 고깃집 알바생으로 처음 만났다.
우린 학교도 달랐다. 보통 관심사도 달랐고,
잘하는 것도 달랐다.
넌 운동을 못했고, 피아노와 공부를 잘했다.
난 운동만 잘했다.

거의 모든 게 달랐던 우리가 친해질 수 있었던 이유….
음식 취향이 비슷했고, 내가 말을 많이 걸어서인가,
굳이 꼽자면, 그게 이유이지 않을까 싶다.

-

난 초등학교와 중학교 시절을 운동으로만 살았었고,
재능있었다. 도대회와 전국체전 출전에, 기록도 좋고,
도에서는 유망주로 항상 이름을 올리는.
한때, 나름 괜찮던 미래가 있었다.

고등학교 진학 시점 체고에서 스카우트 제의를 받고
입학 절차가 마무리되기 직전에, 발목부상을 당했다.
누군가 학교 비품 옮기는 수레를 밀면서 달려왔고,
난 경기장도, 체육관도 아닌 복도에서 상처를 입었다.
고의가 아니라 실수였다는 그 애의 말을 믿기 힘들
었다.

난 육상을 했다.
누구나 알겠지만, 수술과 재활이 있어도
선수로써 예전만큼 좋은 성적을 내기가 힘들게 되었다.
불행이 찾아온 16살의 끝 무렵, 심한 슬럼프가 왔다.

운동을 쉬고 있는 나에겐, 여러 새로운 친구들이

다가왔다. 술과 담배를 권하는 선배들을 만났고,
당시 우울했던 나에겐 잠시의 현실도피, 잠시의
기분전환 따위의 것들이었다. 그렇게 내 주변 사람들의
결이 달라져 갔다.

17살.
결국 난 꿈을 접고, 실업고에 갔다.
별 흥미 없던 학교에 다니면서,
평일 저녁이나 주말엔 보통 식당 아르바이트를 했고,
널 알게 되었다.

"운동부 출신 양아치", "꿈 잃은 불쌍한 애"
보통 이 둘 중의 하나로 날 보고 판단했다.

하지만,
처음 만난 너는, 날 어떤 시각으로도 보지 않았다.
넌 날 몰랐거든, 이름도 얼굴도, 내가 어떤 상황인지도.

그저 우리의 시작은 무지였다.

그래서 자꾸 그리고 싶었고, 빈 곳들을 채우고 싶었다.

너와 대화하며 알아가는 게 재밌었다.
내 주변 사람들에게선 느낄 수 없는 것들이었다.
그래서 특별하고 소중했다.

항상 내 주저리 한 얘기를 잘 들어 주는 너에게,
나도 오랫동안 소중한 친구가 되고 싶었다.

그래서 마음을 외면하고, 욕심을 버리고, 말을 아꼈다.

#3
축제날의 너는, 퇴근길에 같이 저녁을 먹자며
우리 학교에 들렀다. 천막 아래를 둘러보며 여러 안주
사이에 우리가 좋아하는 메뉴를 찾아다녔다.

넌 곱창볶음이 어떠냐고 했다.
난 좋다고 말했다.

다소 복잡하고 허름한 주점 아래서,
곱창볶음 2인분과 소주 한 병으로 저녁을 시작했다.

시간은 금방 흘렀고,
너는 배불리 먹었다며 학교 구경이나 시켜달라고
얘기했다. 우린 소화할 겸 잠시 산책을 했고,
농구대 옆 벤치에 앉아서 서로의 사는 얘기를 했다.
시시콜콜한 그런 것들.

벤치 옆 빈 공터에는 취객들이 많았는데,
어디서 폭죽을 들고 온 애들이 있었다.
바닷가에서 가지고 노는 그런 작은 폭죽.

그걸 보고는,
저 옆 편의점에서 파나? 우리도 한번 가보자!
그런 거 없다며 귀찮다며 따라나섰고, 역시나 없었다.
대신 네가 후식으로 먹자던 빵빠레를 샀다.

난 눅눅한 콘이 싫어 별로 좋아하지 않는데,

넌 맥도날드 소프트콘이 먹고 싶지만, 주변에 없을 때
꼭 이거라도 먹는다고 했다.

다시 돌아온 벤치 앞 공터엔, 폭죽이 자꾸만 터졌고
시끄러웠다. 소란스러웠다.

몇 연발일지 모를 폭죽이 꺼져갈 때쯤,
난 너의 손을 꼭 잡았다. 그리곤 엉켜버린 머릿속을
정리하고, 떨고있는 스스로를 진정시키려 애쓰며
널 바라보았다.

너도 떨고 있었다. 다만, 나와는 결이 달라 보였다.
당황과 혼란만이 있는 듯했다.
너는 곧 벤치에 올려두었던 가방을 메고,
어색한 마무리를 하며 자리를 떴다.

나는 네가 두고 간 빵빠레와, 내가 먹다 만 빵빠레를
벤치에 나란히 두고 앉아있었다.
다 녹아 없어질 때까지. 너는 다시 오지 않았다.

#4

먼 옛날 이야기인듯 싶지만,
난 아직도 종종 네가 생각이 난다.

이제는 나도, 그때의 너와 같은 직장인이라
퇴근길에 곱창볶음 먹자고 연락할 수 있는데,
너에게 그럴 순 없다.

내 20살 축제는 소란스러웠고, 복잡했고, 설레었고,
많이 슬펐다. 그래도 그날은 내 인생 최고의 축제였고,
남겨진 것들은 나의 숙제였다.

오늘은 퇴근길에 빵빠레를 사가야겠다.
난 눅눅한 콘이 싫어 별로 좋아하지 않는데.

가을을 부르는 축제

축제에 가본 지 한참이나 된 것 같다. 축제에 관한 영감을 얻기 위해서 여름이 끝나가는 즈음에 갈만한 축제를 검색해 봤다. 주변의 도시에서 수원 야행이라는 축제가 열리고 있다.

'사람들이 많이 모일 것 같은데 차는 두고 갈까? 버스 노선을 알아봐야겠다.'

날이 선선해지는 저녁 무렵부터 축제가 시작되기에 버스를 타고 가보기로 했다. 땀처럼 끈적끈적하게 붙어서 떠나지 않을 것 같던 지루한 여름이 마침내 가고 있다. 어느덧 서늘한 바람이 한 줄기 느껴진다. 쌀쌀한 날씨에 가방에서 꺼낸 도톰한 가디건을 걸치고 샌들을 신은 맨발이 선뜻해지면 '아, 이제 가을이 오는구나.' 중얼거린다. 계절의 변화가 온몸으로 느껴진다. 저녁 어스름도 도둑고양이처럼 슬쩍 빨리 내려앉고.

딱 하나 있는 버스편을 기다려서 타고 지나가는 간판을 구경하면서 주변 정류장을 뚫어져라 확인했다. 자주 가는 곳이 아니어서 혹시라도 정류장을 놓칠세라 눈을 떼지 못하고 '팔달문..' 되뇌어 본다.

정류장에 내려서 보니 팔달문에 푸르스름하고 고즈넉한 조명이 들어온 것이 보였다. 방향을 잃을 뻔하다가 풍선을 든 아이들과 가족들을 따라서 걸음을 옮겼다. 한 블록쯤 걸어가니 화성 행궁이 나오고 널찍한 광장에 사람들이 웅성거리며 모여있다. 가을의 기운이 솔솔 불어오는 여름밤을 즐기러 아이들, 연인, 친구들과 함께 나온 사람들.

아이들은 반짝거리는 불빛이 들어오는 팽이를 하늘 높이 날린다. 어떻게 하는 건가, 가만히 보니 새총처럼 생겨서 줄을 당기면 깃털이 달린 팽이가 하늘로 솟구친다. 뱅뱅 돌면서 불빛을 반짝이며 떨어지는 걸 보며 아이들이 신나서 소리를 지르며 달려갔다. 밤하늘에 일제히 쏘아지는 별빛의 행렬. 이윽고 떨어지는 유성.

불빛을 따라 좁은 골목길로 들어섰다. 감미로운 목소리로 피아노 반주에 맞춰 노래하는 청년이 있다. 주변에는 사람들이 모여서 박수를 치거나 살짝 몸을 흔들며 감상한다. 가을의 문턱에 어울릴 만한 곱고 감성적인 목소리에 마음이 촉촉해졌다. 음악에 젖어서 주변에 각종 수공예품을 직접 만들어 보고 판매하는 마켓을 서성거렸다.

골목길은 오래된 건물에 들어선 작은 음식점과 카페들이 맞아준다. 긴 시간이 묻어있는 것 같은 건물에 주인장의 개성이 드러나는 소박한 음식점들을 보면 마음이 포근해진다. 그곳을 거쳐온 많은 사람의 이야기가 긴 시간과 함께 녹아 흐르는 것만 같다.

  Cafe 행궁동, 행궁동 흑백 사진관, 기쁜 가게 등을 거쳐 지나간다. 언제가 마음이 내키는 날이면 저 카페에 들를 수도 있으리. 여름이 애써 머뭇거리고 뒤돌아보며 가을에게 자리를 내주고 지나가는 거리. 사람들이 밤거리를 한가로이 거닐고 있는 조용한 축제이다. 화성행궁 앞에서는 교대 의식이 재현되고 고개를 갸웃거리며 사람들이 모였다. 나지막한 전통 음악이 흘러나오고 과거의 시간으로 들어간 사람들도 별말이 없다. 그 옛날 정조 시대에도 이 엄숙한 의식을 바라보는 사람들의 분위기도 오늘과 비슷하지 않았을까?

  조금 떨어진 궁 마당에서는 살풀이 굿과 승무도 조용히 여름밤에 묻어간다. 예나 오늘이나 인생사 켜켜이 쌓인 한도 밤하늘에 스러지는 절절한 몸짓과 함께 풀어지지 않았을까?

하늘에 팡팡 터지는 화려한 불꽃놀이라도 펼쳐져야 축제다운 시끌벅적한 기운이 밤을 가득 채울 것이다. 귀를 울리는 폭죽 소리와 사람들의 소란이 없는 축제다. 조용한 축제의 부드럽고 나직한 나이트 재즈 같은 흥겨움이 가을이 오는 것처럼 살며시 스며들 뿐.

여름의 축제는 가을을 부르는 간절한 바람이다. 선선한 바람을 데리고 가을이여 어서 오라.

축제는 언제였을까?

　축제에 관한 글을 쓰는 건 어려운 일이다. 축제라니 아무리 기억을 더듬어 봐도 딱히 기발한 소재가 떠오르지 않는다. 내 인생의 축제는 언제였을까? 생생하고 팔팔 뛰는 활어같이 직접 경험한 글을 쓰고 싶은데 기억을 한 조각도 꺼낼 수 없으니 난감하다. 축제라는 단어가 숙제로 던져졌는데 이리 뒤척 저리 뒤척 뇌를 풀가동해봐도 어떻게 써 내려가야 할지 답이 없다.

　대학 시절에는 다른 학교 축제에 놀러 가고 우리 학교 축제에 참여했었다. 선배들과 동급생이 모여서 부추전도 부쳐서 판매하고 친구 중 몇몇은 잔디밭에서 노래도 부르고 했었다. 이십 대의 마지막 어느 봄날에는 여의도 봄꽃 축제에도 갔다. 사람 반 벚꽃 반으로 물든 거리에서 환하게 웃으며 사진도 찍고 했을 거다. 학교 선생님을 할 때는 축제의 날이 있었다. 아이들은 신이 나고 수업이 없는 나도 즐거운 날이었다. 게임 준비하고 아이스티를 만드는 아이들에게 장을 봐주고 각 부스를 돌며 격려를 아끼지 않고 지갑을 열었다.

그러나 딱히 기억나는 에피소드라든가 더 연장을 해서 쓸 거리가 없다. 이제라도 축제에 참여해서 경험을 써 내려가면 어떨까 싶지만, 한여름에 펼쳐지는 축제는 찾기가 어렵다. 비 소식이 들려오나 아직은 무덥다. 여름과 가을이 오락가락하며 실랑이하는 모양이다. 청량한 가을바람이 불어와 머릿속의 열기를 식혀주는 때가 와야 비로소 축제도 시작되는 거다.

축제에 관한 영감을 얻기 위해서 혹시라도 축제가 등장하는 영화라도 봤었나 기억을 짜냈다. 아, 문득 떠오르는 한 여름의 판타지아! 일본에 여행을 갔다가 낯선 일본 남자와 길에서 만나서 담담한 여행을 하는 내용이다. 마지막에는 남자가 처음 만나는 순간부터 대화하고 싶어노라고 고백한다. 어스름한 골목길에서 갑자기 두 남녀가 키스하고 남자는 여자에게 축제에 가자는 제안한다. 그래, 아름다운 내용이었지. 담백하고 소소하고 편안하고 현실의 이야기 같아서 마음에 든다. 그렇지만 그건 영화일 뿐 아닌가?

이도 효과가 없는 것 같으니, 인터넷을 뒤져서 축제에 관한 정보들을 끌어모은다. 유튜브를 켜서 불꽃 축제라는 단어를 넣어 검색해서 동영상을 봤다. 불꽃 축제라는 검색어로는 일본에서 찍은 영상이 많이 올라와 있다. 일본은 진정 마츠리, 축제의 나라인 것 같다. 지역마다 축제를 열어서 관광객들을 모으나 보다. 남자 친구와 혹은 혼자서라도 축제에 가서 갖가지 길거리 음식도 사 먹고 하늘을 수놓는 꿈결 같은 불꽃에 감탄하는 장면들이 지나갔다.

세상은 참 좋아져서 축제에 가지 않아도 다른 사람

이 경험한 축제라도 간접 체험이 가능하다. 하하. 얼마나 편리하고 좋은 세상인가?

머리에 핑크와 아이비 컬러의 꽃을 꽂고 파란색 유카타 입고 게타를 신고 마츠리, 축제에 간다. 가판대에서 파는 음식을 이것저것 맛본다. 치즈 핫도그, 오이 꼬치, 링고 사탕, 다코야키 등등 축제에서는 길거리 음식이 빠질 수 없다. 인파에 시달리니 허기가 질 것이고 다양한 음식을 조금씩 맛보는 즐거움이 축제의 묘미다. 마침내 기다리고 기다리던 불꽃이 하늘로 올라간다.

모양도 빛깔도 다양한 불꽃이 연신 감탄을 자아내며 하늘에서 팡팡 터지고 눈 깜짝할 사이에 사라진다. '불꽃놀이는 젊은 날이나 인생처럼 한순간에 끝난다. 한순간의 꿈처럼 사라진다.' 이렇게 축제에 관한 감상문을 쓸 수도 있다.

혹은 '키친카가 모여있는 곳에서 빙수를 먹었다. 딸

기 소스가 뿌려진 빙수에 하늘색 파란 솔이 올려졌다. 베이비 카스테라도 샀다. 잔디밭의 경사진 길에 파란색 시트를 깔고 불꽃놀이가 시작되기를 기다렸다. 2만 5천 발의 형형색색 터지는 불꽃에 넋을 잃었다. 축제는 인생에 한 번쯤은 꼭 볼만 한다.'

이런 경험을 하고 싶으나 축제는 열리지 않았기에 다른 사람의 이야기라도 엿보니 축제 이야기는 즐겁다. 그 떠들썩함이 부러우면서도 그 많은 사람이 걸어갈 공간도 없이 빡빡하게 서서 음식을 기다리고 축제장까지 가는 모습을 보니 가기도 전에 지친다. 이제는 축제에 가고 싶은 욕망도 사라진 걸까? 아무리 고되어도 축제란 일상의 건조함을 벗어나 사람들과 함께 희희낙락하면서 한번쯤은 휩쓸려 갈 만한 것이었는데.

사랑은 불꽃 출제와 같은 특별한 것일지도 모른다. 아무리 찾아 다녀도 불꽃 축제처럼 쉬이 오지 않는 것이다. 그리고 또 밤하늘에만 여방의 꽃을 터트려도 끝나고 나면 검은 하늘만 허무하게 남는다. 그래도 우리는 불꽃 축제에 기꺼이 간다. 일생 자주 오지 않는 단 한 번의 기쁨을 맛보고자. 언젠가는 다시 불꽃 축제를 맞이할 날이 오리라!

한 여름의 판타지아 그 이후

혜정은 유스케가 서울을 방문하기로 했다는 소식을 들었다. 그건 SNS의 메시지를 통해서였는데 혜정에게는 갑작스러웠지만 반가운 문자였다. 그 여름에 일본 시골 마을에서의 일은 빛은 바래도 영원히 남아 있는 사진의 스틸 컷처럼 그녀의 마음속에 오래도록 잔상을 남겼다. 외로움에 침잠하는 밤, 그녀는 그와의 다정했던 대화의 장면을 하나하나, 처음이자 마지막이었던 키스까지 반복해서 돌려봤다. 좋아하는 영화의 똑같은 장면을 생각날 때마다 다시 찾아보듯이.

벌써 일 년이라는 시간이 지났지만, 그 루틴은 계속

되고 있었다. 그때 유스케에게서 문자가 온 것이다.

'혜정씨 오랜만이에요. 제가 다음 달에 친구를 만나러 서울에 가려고 하는데 혜정씨를 만날 수 있을까 해서요. 하하. 잘 지내셨죠?' 유스케의 문자는 쑥스러움을 담고 있었지만 간결하고 분명했다.

혜정은 그의 메시지를 보고 깜짝 놀랐다. SNS 계정을 주고받고 유스케는 가끔 문자로 짧은 안부 인사와 혜정이 방문했던 고조시의 가을, 겨울, 봄과 여름의 사진을 보내왔다. 그녀는 그 사진을 보면서 그들이 함께 걸었던 지역의 장소들을 떠올리며 미소 지었다. 그들이 함께 갔었던 공간의 사진을 보면 그때 그의 표정과 말이 생생히 떠오르곤 했다.

'네 ^^. 잘 지내셨죠? 언제 오시는 건가요?'
'10월 8일에 갈 것 같아요.'
'그럼, 항공편과 도착시간을 알려주시면 공항으로 마중 갈게요. 혹시 그날 서울에서 불꽃 축제가 있는데

보러 가실래요?'

'불꽃 축제요? ^^ 지난번에 같이 못 가서 아쉬웠는데 이번엔 꼭 같이 갔으면 좋겠어요.'

짧은 메시지를 주고받으며 혜정은 얼굴이 발갛게 달아오르고 마음이 설 다. 마음속에서 불꽃이 여러 가지 다채로운 색깔과 모양으로 팡팡 터지고 있는 느낌이었다. 그날부터 인터넷을 검색해서 불꽃 축제를 가장 잘 볼 수 있는 장소, 준비물 등을 적어뒀다. 이 주 정도의 시간이 남았는데 혜정의 마음은 날아갈 것 같았다. 하루하루 마음이 점점 풍선처럼 부풀어 올랐다.

마침내 10월 8일, 일 년하고도 한 계절이 지나서 유스케를 다시 만나는 날이다. 청명한 가을 하늘에 표정이 풍부한 흰 구름이 흘러가고 있었다. 그녀는 인천 공항까지 버스를 타고 가기로 했다. 집에서 공항버스가 정차하는 지하철역까지 가서 다시 버스로 갈아타야 하므로 두 시간은 족히 걸리는 거리였다. 하지만 혜정의 마음은 뭉게구름처럼 날아갈 듯 가볍고 행복

감에 차올랐다. 불꽃놀이가 펼쳐지는 여의도 근처는 백만여 명의 사람들이 모일 예정이라고 해서 미리 샌드위치와 음료 등 간단한 먹거리도 준비해 두었다.

혜정이 공항에 도착하니 비행기는 한 시간 반이나 연착이 되어서 거의 저녁 7시 가까이 되어서 도착 예정이었다. 불꽃놀이에 맞춰 가려면 시간이 빠듯한데 실망스러웠지만 축제 같은 공항의 분주함과 떠들썩한 분위기를 보고 있으니, 마음이 차차 풀렸다. 곧 유스케를 다시 만날 수 있다니! 일 년 여 전에 그 아쉬움 가득한 이별 후에 혜정은 후회하는 마음이 들었다. 그 고조시에서의 마지막 날, 유스케와 함께 불꽃놀이를 보러 갔더라면 어땠을까? 그들의 사이는 더 진전이 있었을까? 서울로 돌아와서 몇 달 후 남자친구와 헤어진 후에는 그리움이 더 짙어졌다.

커피를 마시며 핸드폰 앱을 열어서 글을 쓰고 있으니 한 시간이 훌쩍 지나갔다. 혜정은 현재 집필 중인 소설의 세계에서 빠져나와서 현실로 돌아와 얼른 비행편 알림판을 확인했다. 도착 시간이 얼마 남지 않아서 출구 쪽으로 서둘러 갔다. 그리고도 30여 분의 기다림 끝에 유스케가 가까스로 출구로 나오는 것이 보였다. 깔끔한 베이지색 체크무늬 셔츠에 면바지를 입고 작은 캐리어 하나만 달랑 끌고 나왔다. 예의 티 하나 없는 푸른 하늘 같은 환한 미소를 짓고서.

"오랫만이예요. 혜정씨. 너무 오래 기다리게 해서 미안해요." 유스케가 따스한 눈길로 인사를 건넸다.

"아니예요. 항공편은 종종 지연되잖아요. 커피를 마시면서 글을 좀 썼어요."

"아, 그 S의 로맨스는 어떻게 진전이 되고 있죠?" 유스케는 장난스러운 표정을 지으면서 웃었다.

"순항중인 편이죠. 하하." 혜정도 수줍어하면서 따라서 밝게 웃었다.

유스케와 혜정은 다정하게 지하철역으로 들어섰다. 이미 불꽃놀이 시간 시작 시각은 한참 지나서 마지막 파이널 불꽃이 올라올 시점이었다. 지하철이 외부로 나가서 한강대교를 건널 때 멀리 63빌딩 위로 올라가

는 새하얀 불꽃이 피날레를 장식하고 밤하늘을 가득
채우면서 벚꽃처럼 떨어졌다.

"아, 멋지네요. 마지막 불꽃인가 봐요." 혜정이 유스
케를 보며 불꽃처럼 환하게 웃었다. 그녀의 얼굴은 떨
어지는 불빛이 비춰서 더 아름답게 빛났다.

"네 우리는 이제 시작일 수도 있죠." 유스케가 혜정
을 보면서 의미심장한 미소를 지어 보였다. 그의 얼굴
도 발그레하게 불꽃에 물들어 있었다.

향수(鄕愁)의 향연(饗宴)

다시 시 쓰고 싶어.

진짜?

응, 시를 써야 가슴 속 응어리가 조금이라도 풀려 숨을 쉴 수 있을 것 같아. 많이 늦었지만, 해 볼래.

좋네, 오랜 꿈 다시 찾은 거야? 박 시인님?

겪지 않았으면 좋았을 아픈 이별을 몇 번이나 해야 했던 남편의 결심에 크게 내색하지 않고 시집을 사 주고 여러 시인들의 좋은 작품들을 공유하는 것으로 응원했다. 쉽지 않은 창작의 길이며, 놓고 지낸 긴 시 간에 퇴색은 되었을지 모르나 그의 세상을 이미지화

하는 탁월한 시선과 언어표현 능력을 믿기에 그 결심이 그를 살리는 방법이라 생각했다. 긴 밤 무거운 어깨짐으로 잠 못 들고 아파하며 뒤척인 시간을 시로 이겨내길 간절히 바랐다.

    가을 초입, 은행잎이 선선한 바람에 영롱한 노란 빛을 더해 가고 하늘이 기어이 끝없이 높아만 가는 날들이었다. 하루가 다르게 온 만물이 익어가는 좋은 계절이다. 많이 보아야 많이 담고 풀 수 있다 여기는 우리는 여행에 진심인 편이다. 이 좋은 계절, 충북 옥천 여행을 계획했다. 명목은 한국 현대 문학사에서 순수 서정시를 개척한 <향수>의 시인이자 수많은 문학인을 추천하여 등단시킨 탁월한 안목의 시인 정지용을 만나자는 것이었다. 그리고 팬데믹 이후 3년 만에 대면으로 개최하는 지역 축제인 <지용제>를 즐기고자 했다. 사실 몰래 신청해 둔 '지용 백일장'은 출발 전에 넌지시 알렸고 다소 민망해했으나, 곧 해보자는 결연의 얼굴을 보여 다행이었다.

그냥 해보는 거야, 알지? 부담 갖지 말고.

고교 문예반 활동할 때 백일장 생각난다. 고마워.

그동안 꽤 메모 끄적이며 습작한 사실을 알기에 기
회를 주고 싶었다. 담은 걸 풀어야 또 채울 수 있기에.

가는 내내 우리는 정지용 시인의 시를 찾아 읊으며
그의 맑은 정서와 시어 조탁 능력을 칭찬하며 부러워
했다.

옥천은 온 마을이 그냥 정지용이었다. 마을 길 이름
도, 카페는 물론 상회나 신협의 이름에조차 '향수'가
붙고 담벼락마다 온통 그의 시가 새겨져 있다. '향수
심부름센터'는 좀 우스꽝스러웠지만 그에 대한 애정
이려니 했다. 카페 이름이 <꿈엔들 잊힐리야>라니 그
저 들어가고 싶은 설렌 벅찬 유혹을 느끼게 한다.

"한 아이를 키우려면 온 마을이 필요하다"라는 교
육적 측면에서 보면 옥천은 또 다른 지용 시인이 탄
생하기에 적합한 곳이리라. 유려한 자연경관에 온 마
을이 이러하니, 시적 감수성을 키우기에 이보다 좋으

랴 싶었다.

  우선 정지용 시인의 모교인 죽향초등학교부터 갔
다. 꽤 넓은 운동장과 아기자기하니 낮은 건물이 정
겨운 곳으로 운동장을 둘러 선 플라타너스의 우람한
둥지와 너른 이파리, 동글동글 열매가 반기는 곳이었
다. 초등학교 강당에서 간단한 백일장 개회식을 가진
후 시제 발표가 이어졌다. <발걸음>이라는 상당히 구
체적이면서도 수많은 은유가 가능한 좋은 시제였다.
나야 남편의 동기부여가 목적이었고, 시 창작에는 별
재주가 없는지라, 얼른 교실을 나왔다. 집중하는 그
를 응원하며 플라타너스 그늘에서 어린 지용을 추억
하며 그를 기다렸다. 참가에 뜻을 둔다던 소박한 말과
달리 꽤 진지하게 임하며 마지막까지 자리를 지킨 그
를 격려하며 발표까지 남은 시간에 본격적으로 축제
<지용제>를 즐기기로 했다.

  초등학교에서 시골길 따라 5분 정도 걸으면, <정지
용 생가>와 <정지용 문학관>이 이웃해 있다. 두 건물

앞에 지즐대며 흐르는 실개천에도 이미 그의 향수 시 구절뿐 아니라 여러 조형물로 꾸며져 있다. 문학관 앞 뜰에 서 있는 작가님 동상이 반갑다. 향내 가득 품으며 반기는 국화길 따라 들어가면, 그의 전신 모형 마네킹이 의자에 앉아 반겨준다. 시인님과 다정하게 한 컷 안 찍을 수가 없다. 전시실을 들어서면 제일 좋아하는 시 <호수>가 멋드러지게 쓰인 액자가 보인다. 문학관 내에 울려 퍼지는 익숙한 가곡, <향수>가 반갑다. 스크린 터치대로 시가 낭송되는 체험도 할 수 있고, 그의 생애를 보여주는 영상실과 시인의 시를 직접 낭송할 수 있는 체험실도 있다. 현대 시문학사에서 그의 위상을 잘 보여 주는 설명과 역대 <정지용문학상> 수상자들이 나열된 사진이 근엄하다.

문학관을 나서면 바로 이웃한 초가인 정지용 생가 입구가 나온다. 정말 소박한 시골 여염집이다. 음악 소리에 얼른 들어가 보니, 운 좋게 조원경 작곡가가 직접 반주하는 작은 콘서트를 볼 수 있었다. 귀여운 동요<예쁜 아기곰>의 작곡가로, 정지용의 시 '호수'

에 곡을 붙여 공연해 주었다. 귀한 시간이었다.

　문학관과 생가에서 약 200m 정도 거리에 있는 <지용문학공원> 인근을 축제의 장으로 꾸며 차량 통제하여 진행하고 있었다. <詩끌북적>-지용제 부제답게 축제의 장다웠다. 각종 단체에서 부스를 마련하여 체험도 하게 하고 무료 시음이나 선물도 챙겨주느라 번잡했다. 우리는 향수 신협에서 초빙한 서예작가의 "다 괜찮다"는 친필 문구를 표구한 액자를 선물로 받았다. 우리에게 딱 필요한, 적절한 위로였다.

　무엇보다 축제엔 먹거리가 빠질 수 없다. 푸드트럭이며 각종 길거리 군것질에, 천막 주막 안에는 없는 거 빼곤 다 있는 시골 장터 분위기 그대로였다. 각종 음식의 향이 서로 뒤엉키어 손님을 끌어당긴다. 게다가 시골 장터에서나 볼 수 있던 품바 공연을 했다. 우스꽝스러운 행색과 걸쭉한 입담과는 달리 장구랑 북을 어찌나 열정적으로 치던지, 저이도 예술인이구나 느꼈다. 호응하는 관객들의 흥도 볼거리였다.

정작 자신의 삶은 시대적 굴곡으로 순탄하지 못했으나, 그의 작품은 온전한 사랑을 받으며 온 마을이 그를 추억하고 있었다. 온몸으로 그를 담뿍 느끼고 담고 온 날이었다. 언어를 고르고 골라 갈고 닦아 어여쁘게 표현할 수 있는 시인이라면 분명 타고난 섬세한 감수성을 지녔으리라. 이는 나고 자란 고향 산천의 풍성함이 준 영향이기도 하리라. 시인은 시 창작에 대한 열정뿐 아니라 미래의 꿈나무 시인들의 등단을 위해서도 아낌없는 노력을 하셨다. 정작 본인은 친일이니 월북이니 하는 질타를 받는 고초를 겪었으나 아름다운 그의 시는 분명 우리의 소중한 문학적 자산이다.

옥천은 그에 대한 온 마을의 사랑을 느낄 수 있는 곳이자 그로 살아가는 곳이었다. 첫술에 배부를 수 없다고, 남편도 기대하지 않은 장려상 수상으로 더 노력하는 시인이 되리라 믿는다. <지용제> 축제를 통해 절망에 젖어 있던 한 사람이 다시 시를 쓸 자양분을 얻어 간다면 이보다 좋은 축제가 있을까.

장미 한 송이와 축제

쿵쾅쿵쾅 아직도 심장이 미친 듯이 뛴다. 이 소리가 공기를 가로질러 너에게 전해질까 두려워 도망치고 말았다. 빈 강의실에 들어서서야 멈춰 서서 숨을 들이킨다. 이마의 땀을 닦으려 손을 드니 꽉 움켜쥔 손에 줄기 휜 붉은 장미 한 송이가 보인다.

내일 나랑 축제 같이 가지 않을래? 파트너가 되어줘.

이 녀석은 이렇게 늘 일방통행이다. 오전에 뜬금없이 강의동 앞에 나타나선 맥락 없이 장미 한 송이 건네며 한 말이 아직도 귓가를 맴돈다. 친구들의 야유인지 응원인지 "받아줘, 받아줘"라는 멘트와 박수를 뒤로하고 그저 내달렸다. 답을 했던가 기억도 없다.

다소 진정된 가슴을 쓸어내리며 다시 장미를 쳐다보니 픽 웃음이 난다. 태어나 처음으로 남자에게 받은 꽃이자 인생 첫 데이트 신청이라니. 그것도 가람이에게. 한가람. 이 맥락 없는 녀석과의 재회했던 순간이 떠오른다.

수능 당일 어젯밤의 악몽으로 뒤숭숭하게 집을 나선 나는, 응원하는 가족 없는 휑한 자취방이지만 씩씩하게 도시락을 챙기며 마음을 다잡는다. 버스 정류소로 향하는 거리에서 달리는 오토바이가 튄 흙탕물에 바짓단이 엉망이 된다. 솟구치는 화를 겨우 누르고 다시 마음을 잡고 고사장으로 들어간다. 또 하필 첫 줄, 재수가 영 없는 하루이다. 앉자마자 뒷자리에서 어깨를 톡톡 치길래 고개를 돌리니, 웬 남학생이 컴싸를 빌려 달란다.

이런, 언제 봤다고. 수능에 컴싸도 없이?

하나밖에 없다고 무시하니, 다시 등을 찌르며

지우개 빌려 달란다. 뭐지? 그것도 하나밖에 없다 하니,

내 걸 둘로 나눠주면 안 되냐고. 제길, 귀찮아서 비틀어 쪼개 나눠준다. 눈도 마주치지 않은 채.

미친놈. 너도 수능으로 제정신이 아니구나.

대한민국이 고3을 미치게 만드는구나 싶어 너그러이 용서한다. 이런저런 재수 없는 일에 비해 어라? 시험이 술술 풀린다. 역시 액땜인가 싶다. 기분 좋게 점심시간을 맞이한다.

또 뒷자리 남학생이 같이 먹자며 말을 건다. 저 아세요? 라고, 싸늘하게 반문하니, 나 몰라? 김하늘?이라는 능청스러운 미소 가득한 얼굴. 그제야 웃는 눈 마주 보며 자세히 쳐다보니, 대박 잘생긴 면상의 훈남이다. 누구지? 내 주변에선 볼 수 없는 고퀄의 외모다.

섭섭한데, 라며 얼굴을 가까이 디미는 그.

OO중학교 1학년 7반 한가람, 나.

누구? 가람? 네가?

그 쪼그마한 키에 여드름투성이던 안경잡이가? 말도 안 돼. 그간 무슨 일이 있었길래 환골탈태를 한 거지?

난 너 어제 소집일 날 바로 알아봤는데. 넌 여전히 하얀 얼굴 그대로이고, 주위 신경 안 쓰는구나. 무지 반가웠어.

수능을 마치고 나란히 고사장을 나가며, 얘랑 내가 기억할 만한 추억이 있었던가 곱씹어 보아도 생각나는 게 없다. 중1 시절, 아예 나의 안중에 들어오지 않은 학생이었고, 나는 중1을 마무리하지 못하고 그 학교를 떠나 시골 할아버지 댁에서 3년을 보낸 후 고3 학년 1학기 초에 다들 말도 안 된다며 말리는 과감한 전학으로 다시 서울로 돌아온 터였다. 아니, 다시 돌아오기 위하여 그 시골에서, 그리고 전학 후에도 온 시간을 공부에만 매진한 일은 눈물 없이는 들을 수 없는 고난의 시간이었다.

옆에게 뭐라고 자꾸 말 시키는 가람이 신경 쓰인다. 뭐가 좋은지 자꾸 히죽거린다. 성격이 참 좋다. 얼른 헤어져야겠다 싶어 원하는 대로 연락처를 주고받고 버스에 올랐다. 창가에서 보니 계속 손을 흔들어 댄다. 옆에 선 여학생 둘이 잘생겼다며 수군대고 웃으며 나를 힐끔댄다. 인스타 팔로워에 가람의 이름이 뜨고 '가람의 하늘'이란 프로필과 온통 푸른 하늘 사진이 보인다.

헉~! 이거 내 이름인 걸 알고 쓴 거야, 그냥 쓴 거야?

아! 그러고 보니 중1 수련회에서 가람이와 일이 있었네. 완전 까맣게 잊고 있었는데 이제야 기억났다. 풋! 경주로 가는 수학여행, 버스에 탑승 시 짓궂은 담임께서 버스 내 장난을 미연에 방지하겠다는 의도인지는 모르겠으나 여학생만 먼저 한 줄로 앉게 한 후 남학생들이 선택하여 그 옆자리에 앉도록 했다. 난 중간 뒤쯤 창가에 앉아 바로 눈 감고 귀에 이어폰을 꽂은 탓에 누가 옆자리에 앉았는지 별 관심이 없었는데, 그때 가람이가 내 옆자리에 앉았었다. 조그마하고 여드름투성이의 그에게 관심 두지 않았고 별 얘기를 나눈 기억도 나지 않는다.

고개를 갸웃거리는데, 불쑥 다가온 가람의 얼굴.
어? 너?

그냥 헤어지기 너무 아쉽잖아. 달려와 탔지. 너 내 생각했지?

나의 회상이 눈으로 보였나 싶어 깜짝 놀랐다.

너 그때 나한테 껌 줬었어, 기억나? 글쎄.

난 계속 너 보고 있었는데, 너 자는 모습도 되게 이뻤어. 난 학교에서도 항상 너 보고 있었어. 넌 주위 눈길을 안 돌리더라, 좀 슬펐어.

'헐, 변태... 난 왜 웃고 있지?'

다시 만나 무지 반가워. 너와 함께할 대학 생활이 완전히 기대돼, 잘 가. 라며 바로 다음 정거장에서 훌쩍 내렸다.

그렇게 우리는 입학했고 같은 캠퍼스를 다니는 동창이 되었다. 우연인지 아닌지 희한하게 가람이와 자주 부딪히는 바람에 주위 친구들의 눈총도 받고 소개시켜 달라는 부탁도 꽤 받으며 장미의 계절 오월이 다가왔다. 어느샌가 학교 식당에 가거나 도서관에 들어서면 혹시 가람이가 있나 두리번거리는 나를 보며 화끈거리는 심장을 진정시키기도 했다. 오월은 학교 축제가 열리는 달이다. 공과 대학은 건물 앞 너른 잔디 부지를 둘러 휀스를 설치한 후 각종 공연과 댄스 타임 등 행사가 학부 단위로 이뤄진다. 단 학교 전통에 따라 파트너가 없으면 입장 불가이고, 초대된 파트너는 붉은 장미를 들고 와야 한다. 말도 안 되는 구닥다리 전통이라 여기고 말았는데, 오늘 가람에게 장미를 받은 것이다. 황당하게, 그러나 기쁘게.

나랑 축제 같이 가지 않을래?

겨우 제 박동으로 돌아온 심장을 쓰다듬으며 "가주지 뭐, 마침 딱 내일 시간이 남네."라 답을 보낸다. 세어보진 않았으나, 하트 수십 개와 내일 보자는 가람의 문자가 바로 왔다. 내일은 붉은 장미에 어울리는 하얀 원피스를 입어야겠다며 장미 향을 맡으며 캠퍼스를 나선다. 발걸음이 가볍다.

가람의 하늘이 푸르다. 멋지다.

Last Festival

자, 축제를 준비하자.

나에게 축제를 기획할 능력이 있을 리 만무하나, 그래도 나름대로 나만의 축제를 계획해 보자. 거창하게 '축제'라고 이름 붙이기 민망할지도 모르겠다. 소소한 모임 정도가 될 수도 있으나 일 년에 한 번씩 열리는 것도 아니고 내 생애 딱 한 번이니 파티나 모임이라는 명칭보다는 '축제'라 굳이 부르고 싶다. '마지막'이라는 타이틀을 붙이고 내가 주최자가 되어 처음이자 마지막으로 개최되는 축제이기를 바란다.

우선 축제 장소를 어디로 하나. 암만 생각해 보아도

실내는 원하지 않는다. 축제답게 야외 탁 트인 공간을 정해야겠다. 그래, 바다가 살포시 내려다보이는 낮은 언덕에 있는 우리 집이 최고의 장소가 되겠네. 익숙한 곳에서 하는 행사이니 덜 떨릴 것이고, 초대한 이들에게 마지막 나의 공간을 선보이는 것도 좋은 기회일 것이다. 마당의 잔디와 나무들을 다시 정리해야겠다. 조금만 게을러져도 바로 티 나는 저 어린 초록 생명들을 관리하는 게 갈수록 버겁다. 쳐다만 보아도 큰 기쁨을 주는 존재이나 대가가 제법 크다. 옅은 크림 색상의 휘장을 멋들어지게 친 천막을 몇 개 설치해야겠다. 우리 집 마당에서 보는 일몰이 얼마나 이쁜지 보여주어야지. 일렁이는 붉은 태양과 바다가 떠받치며 쏟아내는 금빛 물결의 어우러짐을 사랑하는 이들이 보기를 바란다. 삶의 막음과 하루 태양의 기울어짐이 이토록 닮았음을 하루하루 눈으로 본다.

　다음으로 개최 시기를 정하자. 너무 길지 않게 볕 좋은 가을 어느 날 이틀로 하자. 저물어 가는 나의 삶과 닮은 가을이 딱 맞다. 공휴일이 없는 주간으로 주말은 안돼. 모두의 휴일을 빼앗을 순 없지. 힘든 월요일도, 기대되는 불금 금요일도 안돼. 축제 참여 자체가 싫은 날들이지. 자, 그럼, 일주일의 중간인 수, 목이 딱이네. 평일에 연차 내고 즐기는 축제는 또 짜릿하지 않을까. 다음 날이 금요일이니 하루 또 일하고 주말을 즐기도록 해 주자.

이제 누구를 초대할까. 초대장은 정성스레 자필로 써서 보낼 것이나, 결코 억지로 부담을 주지는 말자. 사랑하는 가족들이라도 선약이 있을 수 있고 굳이 의무적으로 참여해야 한다면 축제의 의미는 퇴색될 것이다. 축제는 그야말로 즐기기 위해 자발적으로 참여하는 게 맞지. 초청 명단이라 하나, 누구라도 더 데려올 수 있도록 해야겠다. 궁금한 이나 그날 하루 무료한 이 누구라도 와도 괜찮다 하자. 머릿속에 떠오르는 이가 많다. 고마운 이들이 이렇게 많은 삶이었다니 이보다 좋을 수가 없다.

마지막으로 제일 중요한 축제 내용이네. 계절마다

흐드러지게 피는 꽃 축제도 아니고 지역 특산물을 홍보하는 축제도 아니고 혹은 노래니 댄스니, 문화 축제도 아니고, 무얼 하면 좋을까. 나의 마지막 축제는 오로지 행복했으면 좋겠다.

누구나 평생 행복을 추구하며 살지만, 정작 지난 삶이 행복했느냐고 물으면 몇이나 그렇다고 할까. 나 스스로 물질적이고 쾌락적인 욕망은 그다지 추구하지 않았다고 자부하고 그런 욕망이 나의 행복의 척도가 아니었음을 안다. 그렇다고 과연 내 삶이 지속적이고 정신적인 행복만을 추구했으며 그로 만족했느냐 하면 결코 아니다. 단지 늘 나 스스로를 잃지 않으려 했으며, 주어진 시간 현재에 최선을 다하며 행복을 찾으려 했다. 그래도 남는 것은 아쉬우면 천지이다.

그러하니 마지막으로 행복 가득한 축제를 준비하자. 축제에 온 이는 긴장 따윈 걸치지 않고 편안하게 즐기고 가도록 해야지. 하고 싶은 걸 하고, 아니 아무것도 안 해도 되는 시간들, 오롯이 그저 편안하게 주어진 시간을 보내면 좋겠다. 그래도 나의 축제이니, 나와 지난 추억을 얘기도 좀 하고 나의 손길 묻은 집

안 여기저기 구경하며 한마디씩 해주고, 축복이든 간단한 목례든 아는 척도 해주면 좋겠다. 우리 집 구석구석에 볼거리와 할 거리가 좀 많은가. 쌓인 책들 집어 읽어도 좋고, 빈 이젤 앞에서 뭐든 그려도 좋고, 넓은 주방에서 직접 요리해서 선보여 주면 더욱 좋겠다. 2층 테라스에 마련된 간이침대에 누워 두 눈 가득 바다를 품은 채 한숨 자고 나면 근심 따윈 별것 아닌 걸 알 거야. 혹은 뒷마당에 조그맣게 마련된 온실로 가서 나름 공들여 아기자기 가꾼 식물들과 호흡을 같이 하면 온몸에 새 숨이 가득 차며 맑아지는 신기한 느낌을 경험해 봐도 좋겠다. 마음에 드는 화분은 집으로 데려가면 감사할 일이고.

그렇게, 뭐든 이 축제에선 거리낌 없이 그저 행복하면 좋겠다.

축제의 마지막 폐회는 노을지는 바다를 다같이 바라보아야지. 같은 빛깔의 와인으로 건배하며 덕분에 한 세상 감사하게 잘 살았다고 인사해야지. 이 축제로 나의 장례식을 대신하니 이 세상에선 마지막 만남이라고 전해야지. 나머지 시간은 이제 오롯이 혼자 막음 날을 받아들여 신에게 가고 싶다.

　과연 위와 같은 축제를 할 날이 언제일지 오기는 할지 알 수 없지만, 남은 내 삶의 가장 화려한 꿈일 것이다. 이를 위해 난 오늘도 최선을 다한다. 마지막 축제를 준비하니 앞으로 어떻게 살지 방향이 정해진다. 죽음을 계획하니 삶이 확실해지는 아이러니라니.

생각의 축제

어느 한 사람이 던진 주제가 불씨가 되어
이산 저산 옮기며 어느새 큰 산불이 되기도 하는데
활활 타들어 가는 생각들이 재밌어
홀홀 저물어 가는 밤을 잊기도 한다

다양한 행성들의 충돌은
작은 파편들을 만들어 추억의 별자리가 되고
그를 바라보는 우리의 시선은
하나하나 새기며 즐거움의 기록이 된다

생각을 나누는 시간은

미처 경험하지 못한 시간과 경험의 경계를 허물고
작고 큰 매듭들로 촘촘하게 큰 주머니가 되어
담아두고 꺼내어 보고 싶게 만든다

술향이 가득한 청춘들의 대화와
갸름한 시선으로 주고받는 감정
그사이 어지럽게 돌아다니는 생각의 물고기 중에
하나 손에 쥐고 던지는 한마디가 참 재밌다

그렇게 각자의 생각이 폭죽이 되어 이뤄지는
우리들만의 축제

나의 하나뿐인 축제, 그대

하늘이 아무리 아름다운
불꽃의 축제를 열어도 그대만 못 하리니

밤하늘 위로 솟은 불빛은
한순간의 유희를 안기고 떨어질 꽃이오

땅을 딛고 서 있는 별빛은
오래도록 내 품에 안겨있을 그대일지니

불꽃이 수없이 반짝이는
순간에도 아랑곳 않고 그대를 바라보겠소

고의적 분실물

빛나는 무대를 바라보며 웃는 사람들
울음소리마저 철저히 묻은 함성 소리

그들과 어울릴 수 없는 어두운 뒷줄을
기어이 찾아서는 풀썩 주저앉았으니

아무도 몰래 가슴을 찢으며 떨군 눈물
행복하던 축제에 실수인 척 버린 우리

그렇게 한참을 평생을 어쩌면 영원을
우린 웃으면서 그 축제에 남아있겠지

축제의 삼원색

푸르게 질린 몸은 붉은 마음으로 안고
녹음에 둘러싸인 무대 환히 밝혀지니

새하얀 조명 새하얀 안개 새하얀 미소
어둡던 우리 마음을 밝게 비추는구나

축제는 부유한 자들만의 것이 아니오
또한 행복한 자들만의 것 역시 아니니

아 나눌 것이 없어도 빛날 것이 없어도
나눌 게 생기고 빛나는 존재가 되었다.

축제여라, 내 인생

르로이 앤더슨(L.Anderson)의 "크리스마스 페스티벌(Christmas Festival)"

'축제'라는 단어를 들었을 때 떠올렸던 곡이었다.

미국인들의 위트와 재치가 살아있는 음악으로 사랑받는 미국의 작곡가 앤더슨. 그의 작품 중 Typewriter와 Syncopated clock은 그의 대표곡이기도 하지만 내가 좋아하는 곡들이기도 하다.

유머러스한 그의 작품들 사이에서 조금은 유머를 뺀 곡인 "크리스마스 페스티벌(Christmas Festival)".

이 곡을 처음 다루게 되었던 때는 고등학교 시절이었다. 내가 다닌 고등학교는 음악 활동이 학생 활동의 주류를 이루었던 학교였는데, 당시 오케스트라의 피아노 반주자이자 단원이었던 나는 다양한 악기들이 조화를 이루며 발산되는 에너지를 자주 느끼고 경험해 볼 수 있었다. "크리스마스 페스티벌"은 어떤 해의 송년 음악회를 위해 준비했던 곡이었는데 누구나 잘 아는 다양한 크리스마스 캐럴이 메들리로 이어진 즐겁고도 감동 있는 곡이어서 준비하면서도 즐거웠던 기억이 난다.

'축제'라는 주제를 나의 삶으로 가지고 와보니 문득 떠오르게 된 고등학생 때의 한 장면. 예쁜 네이비 색과 자줏빛의 재킷을 입었던 중고등학생 시절이 문득 그리워지는 시간이다. 시간이 지난 만큼 몇 걸음 떨어져 그 장면을 바라보고 있자니 축제의 이면을 보게 되는 것만 같다. 단 5~6분의 연주를 들려주기 위해 수많은 시간을 준비하고 연습했던 것처럼 축제라는 건 사람들이 즐기기 위해 참여하지만 분명 그 축제를 준비하는 사람들이 있다.

내가 기억하는 크리스마스 페스티벌이라는 곡처럼 축제에 참여하는 사람들도 무척 감명받겠지만 그 축제를 준비하는 사람들은 더더욱 그 시간을 진한 추억이 깃든 시간으로 기억에 남기게 되는 걸까 하며 생각의 꼬리를 잡고 걸어가다가 멈추었다.

아니다. 포인트는 그게 아니었어.

나의 삶이라는 축제를 준비하는 주체도, 누리는 사람도 나 자신이라는 생각에 무릎을 '탁' 치며 일어난다.

돌아보니 젊음은 축제였다.

친구들과 함께 가슴 벅차게 노래를 불렀던 시간, 학교 강당과 미술실 앞에 있는 피아노를 치며 친구의 플루트 연주와 호흡을 맞추던 시간, 수돗가에서 지나가는 구름을 보면서도 깔깔대며 웃고, 어둑해질 무렵 삼삼오오 이야기를 나누며 호수를 오르던 시간, 야자(야간자율학습)가 시작된 교실을 뒤로하고 떡볶이와 라면을 먹으러 친구들과 학교 후문과 매점으로 달려가던 시간 모두.

미리 준비하진 않았지만, 불꽃놀이라든가 물이나 얼음이라든가, 삼바 춤이라든가 하는 특별한 즐길 거리가 주어진 것도 아니었지만 돌이켜보면 참 특별했던 시간이었기에 나는 나의 젊은 날들을 축제 기간이었다고 부르고 싶다.

한해 한해 나이가 들어간다고 해도 현재가 실은 가장 젊은 시절이라고 하던데 나는 훗날 지난 시간을 돌아보며 '그래, 젊은 날이 축제였어'라고 할 만큼 지금, 이 순간을 축제의 순간으로 여기고 있는지 생각해보았다.

가끔 해보고 싶은 요리를 하고, 취미 생활을 만들고, 이렇게 글을 쓰는 것도 나의 즐거운 액션 중의 하나. 내가 좋아하는 가수와 배우의 공연을 가는 건 나를 위한 최대한의 선물이자 특별한 이벤트. 여행은 초대형 축제인 거지.

가끔 일상의 일들과 밀려드는 생각들의 폭풍전야를 뚫어내야 하는 삶의 모습들 가운데에서도 남길 수 있는 장면들이 많아진다는 것은 참 좋은 일인 것 같다. 일상의 장면과 느낌들, 그리고 생각들을 메모로 남기다가 그만두기를 반복했었는데 이번 기회를 통해 좋은 기억, 감사한 기억, 함께하여 기분 좋은 기억을 조금 더 남겨보고자 마음 먹어본다. 나중에 돌아보며, 매일 작은 축포들을 나의 일상 가운데서 터뜨리며 살았다고 하며 흐뭇해하는 내가 되고 싶어서. 그리고 소소한 일상의 즐거운 장면들을 떠올리며 나의 인생이 크고 작은 축제와도 같았다고 고백할 수 있도록.

일상 축제는 자그마한 생일 폭죽을 터뜨리듯 이렇게 만들며, 준비하며 살아가면 되겠다. 그래도 나를 위한 초대형 축제들은 간혹 있어 주어야겠지? 완전 불꽃놀이 팡팡 터뜨리며 신나게 즐길 수 있는 축제.

꼭 가고 싶은 축제가 있는데 프랑스의 리옹 빛 축제와 빛의 그림을 그리는 도시 루앙을 여행하는 것이다. '열심히 일한 당신, 떠나라'라는 오래전의 카피라이트처럼 일상의 작은 축제를 잘 만들어 내고 내 인생의 멋진 축제에 참여하기 위해 이날들을 살아야겠다고 생각하니 잔잔한 기쁨이 밀려온다.

Cheers, 기쁜 젊은 날을 위하여!

칭다오

5일간의 휴무가 생겼다. 나도 이 커다란 지구라는 곳에 어디 내 흔적 하나 남겨보고 싶어!

여행이었다. 엄마와의 첫 여행, 심지어 해외여행이라니.

회사 사람들에게 여행지 추천을 받고, 친구들에게 인터넷으로

각종 잡다한 여행 정보들을 수집했다.

그래서 고심 끝에 신중하게 열심히 머리 싸매고 결정한 나의 여행지는 중국 청도였다.

"청도? 너 다녀왔잖아!" 다들 같은 말이었다.

당연하지. 대학 시절 청도에서 살다 왔으니까. 허나 사실 간단했다.

사실 나도 해외여행 경험은 없는걸,

엄마랑 단둘이 가서 내가 다 하려니 겁부터 났던 것도 사실이고,

오점 하나 없이 엄마에게 첫 해외여행을 선물하려면 당연히 내가 먼저 확실히 알아야

했기에 청도를 선택했다. 내가 제2의 고향이라고 말하고 다니는 내 사랑 청도로.

중국에서의 봄은 그렇게 엄마와의 여행으로 빼곡하게 채워졌다.

살다 살다 중국에서 벚꽃축제에 가게 될 줄이야. 난 이미 여러 번 다녀본 같은 여행지였지만,

엄마에게는 처음인걸. 즐거워하는 엄마의 모습은 덩달아 나도 신나게 했다.

엄마랑 단둘이 벚꽃축제를 가본 것도 처음이라 더 설레였던 것 같다.

기억이 추억으로 바뀌는 시점, 원래의 일상으로 돌아온 그때, 사진을 정리하며 느꼈다.

　그저 엄마랑 나를 찍은 사진 한 장이 아니라는 걸, 다시는 돌아오지 않을 엄마와의 약속,

　내 모든 걸 다 줘도 아깝지 않을 엄마의 미소,

　가장 화려한 시절이라고 생각하고 싶은 그때의 엄마와 나의 모습이라고.

1. 유준영

비의 축제

우중충한 하늘에서
떨어지는 빗물에

나는
그저 흐리구나
어둡구나
축축하다
하였다만

어디선가 들리는
환호 소리에 귀를 기울이니

긴 여름 메말랐던
갈라진 땅의 갈증이

그 어두운
흐리던 하늘로부터
내린 비의
튀어 다닌 물방울의 뜀박질로

해소되는 살아나는
축제의 환호였더라

거리의 축제

어디인지 모르는 곳에 정차하였다 내가 살고 있는 이곳 중 한 곳이겠지만 처음 보는 곳이었다 이곳이 어디일까 거리를 무작정 걸어 보도블록 위를 걷다 마음에 드는 골목길이 보이면 들어가고 길이 막혔다면 다른 길을 찾아보고 마치 모든 것을 쉽게 믿기 힘든 미로 같았다 도로 위의 큰 소리에 놀라 음악을 듣던 이어폰을 뺐었더니 사람들 걸어가는 발소리 도로 위 차들의 경적 신호등을 기다리며 이야기하는 사람들의 소리 문뜩 재미있는 것 같은 마음에 귀에서 이어폰을 빼고, 어디인지 모르는 이곳의 거리를 아무 생각 없이 걸었다 그래 이게 사람 사는 소리였지 생각하며 하루 종일 거리를 걷다 보니 다리가 아파 근처의 카페에 들어가려 하는데 8m쯤 떨어진 곳에 있는 카페에서 사람이 나오는 사이에 카페 안의 음악이 들렸다 내가 좋아하는 곡이다. 어디인지 모르지만 어떤 분위기의 무엇을 파는 카페인지 몰랐지만, 노랫소리에 흘려들어 가게 되었다 들어가니 나이가 지긋해 보이는 카페 직원분이 인사를 하며 맞아주었다 평소 같았으면 졸음을 쫓으려 카페인이 들어간 것들을 마셨겠지만 오늘은 그들의 도움이 필요 없을 것 같아 시큼해 보이는 자몽 에이드 한 잔과 얼그레이 파운드케이크 한 조각을 주문했다 주문한 메뉴들이 나오자, 그것들을 들고 창가 자리에 앉았다

평소 앉는 자리가 불편하여도 핸드폰 충전이 가능한 콘센트를 찾아갔을 텐데 오늘은 괜찮았다 시원한 에이드와 달콤한 케이크를 먹으며 창문 넘어 거리를 다니는 사람들을 구경하였다 택시를 잡는 사람 전화하는 사람 길거리를 청소해 주는 사람 급하게 뛰어다니는 사람 창밖을 멍하니 구경하다 보니 문득 저 사

람들은 아무 생각 없이 창밖을 구경하는 나를 보면 어떤 생각을 할까? 여유롭다? 아련해 보인다? 누군가를 기다리고 있다? 꼬리에 꼬리를 물어 생각하다 보니 벌써 컵과 접시가 비어있었다 카페를 나와보니 하늘이 주홍빛으로 물들고 있다. 이제 돌아갈 시간이다

아까 무작정 거리를 걸었던 가물가물한 순간들을 기억해 내렸던 버스 정류장으로 돌아갔다가 때마침 돌아갈 수 있는 버스가 왔다 버스에 올라타 사람들이 없는 맨 뒷자리 창문가에 앉아 창밖을 바라보았다 얼마나 지났을까

어제의 하루와 오늘의 하루를 돌아보며 생각했다

어쩌면 나는 차디찬 족쇄에 감겨있는 듯한 현실에서 도피하고 싶었던 것이 아니라 나를 위한 시간이 필요했던 건 아닐까?

폭죽

우리는 마치

폭죽과도 같아서

순간의 아름다움 뒤에

결국은 꺼져버릴

그런 폭죽과 같아서

우리도 결국에는

축제의 엔딩을 끝으로

꺼져버렸어

끝에서의 시작

축제의 막이 내리고
가로등이 하나둘 꺼지며
어둠이 잠기는 거리에
선선한 바람에
휘날리는 꽃잎을 배경으로
우리 둘만의 축제는
그때부터 시작이었어

축제 고민

이 말 꺼내기가 왜 이리 힘든지
혹여나 같이 가기 싫다 하면 어쩌나
한밤중에 고민의 늪에 빠져
이리저리 뒤척이고 뒤척이다

결심을 한 눈은 거울로만 알 수 있겠지
다급히 손을 움직여 핸드폰을 찾아
한 글자 한 글자 정성스레 쓰고
눈을 꼭 감고 제발 답이 와줘
하늘에 있는 초월적인 존재에게
기도하고 난 후

꾹 전송 버튼을 누른다

'이번에 하는 축제에 너랑 가고 싶어'

축제

축제의 날이야 이곳은 온 하늘이 폭죽으로 뒤덮인 이
상한 곳이야
이곳에서 검은 머리 끈을 줍는다면
찾아 주지 마세요
머리 끈조차 잃어버리고 싶지 않은 마음은 어떤 마음
일까
잠깐 생각하지 마세요
여러 사람이 오고 가는 길 위
늘어졌다 줄어드는 머리 끈 따위
생각하지 마세요

우리는 폭죽이 터지는 모양대로
올려다보기만 하면 되는 거야
이 이상한 곳에서 머리 끈은 잦아들지 않고
끈은 연이 될 수 있을까 같은 생각은
폭죽이 다시 떨어지는 모양대로
꺼지고

어느 5월의 축제는
다들 올려다보지는 않고

불꽃축제

그래 이맘때쯤이었지.

하염없이 빛나는 너의 눈동자에 초라함을 느낀 듯

하늘에는 별들도 모습을 숨겼고,

어두운 밤하늘을 가르듯 터지는 반짝이는 불꽃들은

너의 눈에 반짝임을 더했으며,

그 눈에 반해 너라는 꽃에 내 마음에 불이 지펴 오르기 시작했을 때 말이야.

기립박수

    일과 다리는 모두 일어나야만 움직일 수가 있었다. 건강하고 윤택한 하루는 대부분 우연 따위에 종속되는 게 아니라 내게 얼굴을 들이밀던 여러 사건의 일부였다. 문장과 씨름하다 샅바가 벗겨져 민망해져도 모래 위로 꽂을 생각만 가득했던 어제들은 비로소 텁텁한 오늘을 씻어줄 관심거리가 되었고, 저 멀리 관중석에선 환호까지 들렸다. 허나 더 이상 손에 묻은 이건 반짝이지 않았고 따갑기만 해서 요 며칠은 쉬었다. 습관적으로 챙기던 책도 먼지가 내려앉았다.

    그동안 엇나감을 고민했다. 분명 같이 뛰고 있다고 생각하다가도 같은 트랙이 아닌 것 같고, 다른 트랙이

란 걸 받아들여도 그땐 어이없게 종목이 달랐다. 괴리
감엔 울먹거리기 직전에 찡-해지는 느낌이 있다. 뜨
거운 습기가 있다. 지금은 심신이 모두 말랑하지 못해
입꼬리를 내리고 꺽꺽대진 않지만, 그 불일치에서 오
는 감정이 있다. 여전히 인정과 용서보단 분노와 합리
화가 편했고, 사랑보단 타협, 행동보단 외면, 겸손보
단 과시였다. 이따금 그게 무서워질 때가 있다.

보이는 것보다 가진 게 더 많은 사람이 되고 싶었
다. 실수가 잦은 나는, 행동이 어설프고 자세가 어정
쩡한 나는 그런 사람이 되고 싶었다. 자리에서 일어나
야 뒷좌석도 엉덩이를 떼니 커튼이

닫히기 전에 태연함이 묻은 결연함을 보여줘야지.
연주가 끝나면 여기 공백을 박수로 채워야지.

미소를 짓게 해야지.

몰입의 흔적이 다시금 무대 위로 돌아간다. 기립박
수를 보낸다.

축제가 끝나간다. 여전히 관객석은 깜깜하다.

소년아, 고민이 너보다
커지기 전에 잠에 들어라

소년아, 오늘을 녹일 수 있을 정도의 열량을 삼켰다면 그 가짜 허기를 조심하렴. 눈은 반짝임을 잃지 않게 잘 닦아두고, 영혼을 태워 나오는 잿더미에겐 필요 이상의 관심을 주지마렴. 세상은 후- 불어 날아가는 것들로 이루어지지 않았으니, 너의 호흡에 흔들리는 저들의 말에 귀를 기울이지 말렴. 우두커니 발을 박고 있는 마음을 찾을 땐 생채기가 나도 좋으니, 상처를 두려워하지 말렴.

그저 숨지만 말아라. 외면은 다른 뒤통수를 보여주지만, 그 또한 외면의 다른 이름일 뿐이니.

사랑하는 법을 아는 이들에게 박수를, 천박하지 않게 기분 좋은 농담을 할 줄 아는 이들에겐 미소를 아끼지 말고, 손가락질만 하는 허수아비를 피하고, 비밀은 일기장에만 차곡차곡 넣어두고 희석을 시키렴. 숙제는 미뤄도 좋지만, 책을 덮지는 말고, 부끄럽지 않은 사람들을 곁에 두렴. 배울 거 투성이인 여기에서 바로 보조 바퀴를 떼고 달린다면 방금 자란 너의 앞니가 깨져버릴 수 있으니, 돌아도 가보고, 지름길로 가려다가 길도 잃어보렴.

삶은 나침반이나 지도, 신호등과 표지판 따위로 볼 수 있는 게 아니니 균형을 잃어도 좋아. 눈을 질끈 감고 뛰어도 좋아. 몇몇은 주름이 지고도 소리 내어 우는 일을 하지 못해 끅끅대고 있으니 이왕 울 거면 쩌렁쩌렁 부끄러울 정도로 울어라. 교만과 권태와 씨름하며 살아라. 그것들은 넘어뜨릴수록 좋으니 다부진 가슴을 품고 매일을 안아줄 품을 만들어라. 소년아, 고민이 너보다 커지기 전에 잠에 들어라. 새우잠을 자도 방대한 꿈을 꾸어라.

저랑 축제 갈래요?

소년아, 삶은 그저 축제란다. 저기 병을 손에 쥐고 비틀거리는 이들 말고 건너편 무대 위 빛나는 사람들을 보렴. 환호와 열광으로 이 순간을 녹이는 저들의 표정을 담아두렴. 저 초롱초롱한 눈을 기억하렴. 훗날 축제가 끝나도 너를 위해 춤을 춰줄 이들을 위해 한순간이라도 널 의심하지 말아라. 소년아, 고민이 너보다 커지기 전에 잠에 들어라. 새우잠을 자도 방대한 꿈을 꾸어라.

밤하늘의 연주

여름이 지나가는 밝은 하늘에
수많은 점들이 울부짖는다.
더 크게 울어도
더 격하게 소리 질러도
아무 소리도 들리지 않는다.
어느 누구도 듣지 못한다.

여름이 지나가는 어두운 하늘에
수많은 점들이 웃는다.
더 크게 웃으면
더 격하게 소리 지르면

그리하면 그리할수록
오케스트라 연주가
하늘에서 펼쳐진다.

별들이 웃기 시작하면
하늘 저 멀리
불씨 하나가 솟는다.

목적지에 도달하면
탄지경 동안 꽃이 되어
별들과 함께 웃는다.

그렇게 연주가 끝나고 나면
불꽃은 사라지고
밝게 웃는 별을 수놓은
하늘을 덮고

깊은 잠에 빠진다.

불꽃

어느 날 불현듯 떠올랐다.
하늘 저 멀리 솟더니
어두운 하늘을 밝히더라
탄지경 동안 밝히더니
그러고는 흔적도 없이 사라지더라

너의 계절
너의 향기
너의 시간
너의 순간

펑!

여전히 어둡다.

가벼운 몸 무거운 꿈,
무거운 몸 가벼운 꿈.

내가 그토록 학수고대하였던 축제가 오늘 개최되었다. 나의 눈앞에는 수많은 꿈이 진열대에 진열되어 있었다. 꿈의 주인은 알 수 없었지만 정말 다채롭고 다양했다. 나는 너무 신난 나머지 이리저리 방방곡곡 돌아다녔다.

"저기요, 내가 찾고 있는 꿈이 있는데요."

돌아다니던 중 갑자기 어디선가 낯선 목소리가 내 귓가를 맴돌았다. 뒤를 돌아보니 낯선 할머니가 지팡이를 짚고 계셨다.

"네..?"

"내가 찾고 있는 꿈이 있는데 도통 보이지가 않아서.."

"어떤 꿈을 찾고 계시는데요?"

할머니께 물었다. 나는 이 축제가 처음이다. 그렇기 때문에 할머니가 찾고 계신 꿈을 알 리가 없다.

"알잖아."

할머니가 의미심장한 말을 꺼내고는 나를 등지고 어디론가 향하셨다. 할머니가 하신 말의 의미가 너무나도 궁금한 나머지 나는 할머니를 뒤따르기 시작했다.

처음 보는 공간이었다. 매우 넓은 백색의 공간이 내 앞에 펼쳐졌다. 그곳에는 진열대에 진열되어 있던 꿈과는 다른 모습을 한 꿈들이 떠다니고 있었다.

"와.. 제가 복도에서 봤던 꿈들은 진열대에 진열되어 있었는데 여기 있는 꿈들은 공중에 떠다니네요!!"

"맞아, 살아있는 자들의 꿈은 떠다니지 않아."

"네..?, 그럼.. 여기 있는 것들은 죽은 자들의 꿈인가요…?"

"그렇다."

"헉.. 저 여기서 나갈래요.."

"잠깐, 여기 있는 꿈들이 누구의 것인지 궁금하지 않은가?"

전혀 궁금하지 않았다. 아니 궁금하다. 그런데 알고 싶지 않다.. 알고 싶지 않았다..

"안 궁금해요."

"네 꿈들이다."

"아니 안 궁금하다고 말했ㅈ.."

"어차피 알고 있었잖아."

" ... "

할머니는 심리학자인 양 나의 심리를 꿰뚫었다.

"저 죽었나요?"

"그리고 제 꿈들은 왜 여기에 있는 거죠?"

"도대체 뭐가 어떻게 되고 있는 거죠?"

궁금한 게 너무 많았다. 다른 사람들이 보면 미친 듯이 질문하는 미친 사람처럼 보일지는 모르겠지만, 나는 알아야 하는 걸 알기 위해 질문하는 것일 뿐이다.

"8월 4일 금요일 오후 2시경 불씨 하나가 하늘로 솟았어. 기억나나?"

"기억나죠, 하늘에 도달하니 불꽃이 되어 많은 별들에게 웃음을 줬다는 시 말씀하시는 거 맞죠?"

"시는 잘 몰라"

“…”

처음에는 지팡이를 짚고 계신 여린 할머니인 줄 알았는데, 지금은 붉은 해골 지팡이를 들고 있는 마귀할멈으로 보인다.

“아무튼 계속 얘기해 주세요.”

“그러하마, 탄지경 동안 불꽃이 되어 별들과 함께 웃었었지, 그리고는 사라졌었지.”

“그쵸.”

“그때 불꽃이 사라질 때, 너도 함께 사라졌었단다.”

내가 사라졌다고? 내 몸은 분명 여기 있는데.. 그리고 정신도 기억도 온전한데..

“어..어..어?”

불꽃축제

푸르고 찰랑거리는 화려함에 반했어요

해맑은 불빛이 그냥 아름다울 줄 알았지

붉고 황홀할지 몰랐는데

당신의 열정에 황홀함이 보였어요

당신은 오색찬란한 색이에요

해가 뜨고 달이 떠오르며 별들이 춤을 추듯

모든 색을 섞어 어두운 검정이 아닌

화려하고 무한적인 색이길 바라요

그냥 검정이 아닌 반짝거리는 별빛이 가득한 모든 색

을 더 한 아름다운 어둠이길

야경을 바라볼 때 황홀하다 못해 넋이 나갈 정도의

·

행복이잖아요

당신은 그래도 되는 사람이에요

당신과 같은 공간에 있어서 행복했어요

다시금 오랜만에 만나도 늘 반짝거리는 당신을 보여
주세요.

인생

겨울에 한껏 움츠러들고

여름에 나약하게 나른해지는 그 어느 날

열정 가득하지만

차디찬 현실 속 움츠렸다 나른해지길 반복하며

단단해진 우리에게 늘 따듯하지만, 시원한 단비가 내
리길

그 길은 꽃길같이 영원히 맑길

여름밤 열정 다해 뛰어놀았던 축제같이

우리의 삶도 영원한 축제이길

가끔 움츠러들 때는 움츠러들었지만 기지개 켜듯 일
어나던 나를 기억하길

인생은 축제같이 환상적이며 즐거운 것이라는 걸 생
각하길

펑

"너울의 근원은
축제라는 것을 아십니까?"

바다에는 살아 숨 쉬는 영의 존재가 유영한다
영혼들의 밤거리
거리에 스쳐 지나가는 인파 속
작은 물고기들
북적한 발걸음들이 고요해
해초와 죽은 조개 밖으로 갈라져 나오는 진주
나는 그것을 물꽃 놀이라고 한다
펑- 펑- 펑-

맛있는 음식들이 많습니다
푸른빛과 붉은빛의 영혼들 불빛 거리
고요한 외침들
오랜 시간 동안 공들여 만든 부스
파도들이 망가트리네
썩은 심해에 어떤 손님들이 올까
새우처럼 헤엄친다. 인어들이
펑 아주 심하게 젖었습니다

"시끄럽나요?"
어부들이 낚싯줄을 여기까지 내렸네요
새끼 물고기는 숨으세요
또 잡힐라

밤의 모래는 반짝이는 조명이 되고
별에 반사된 모래알들로
신명 나게 춤을 춘다
펑- 펑- 펑-

새벽이 된 바다는
할 일을 마친 진주들이 뒹굴고
시끄러운 고요함이
어부들이 눈치채지 못할 정도로
잠잠해지고

솟아난 축제의 여파로
과부하가 된 파도가 터지네
물방울 조각들의 형태로
펑- 펑- 펑-

기폭장치

뛰어내린 심장이 뭔지 아니?

그 형태는 어느 감정보다

그 어떤 질감보다

요동치거든

소멸하는 반딧불이는

밤 결을 따라 연주하는 모습을 잊지 못해

낮에는 희미하게 활기찬 소리가

지금은 모두의 스피커야

늦은 시간까지 이어졌던

우리의 공간은 추억으로 간직할 거야

포스터 뒷면에는 너의 이름을 적어야지

전봇대에 고정된 종이가

바람을 타고 너의 존재와 함께 여행하길 바라면서

그냥 이렇게 가만히

이 공간에 존재하려는 바램과 함께

이 시간을 즐기고 있어

너무 밝아서 아침의 형태의 새벽이

쿵

쿵

바닥으로 곤두박질친 심장과 함께

막을 내렸어

들리니? 내 요동치는 소리가

나에겐 심장이 없어도 네가 있으면

뛰는 장치가 있거든

폭죽 소리에 젖은 귓속말을 해

너와 함께 있어서

너무,

내 몸이 일렁거린다고

불꽃놀이

한 치 앞도 보이지 않는 공간 속
시끄럽게 울리는 음악

차오르는 마음의 도화선을 당겨
하늘 위로 날아오르자

흥겨운 소리를 가르며 더 높이
눈부시게 빛나는 발자국

머리 위로 행복의 빛깔을 피우는
처음이자 마지막 도약

인생 축제

인생이여
꽃이 피지 않는다고 할지라도
고개 숙이지 말자

따가운 인생 수고 볕에도
아랑곳 없이
피어오를 자리 지키는
심 기울만한 터가 되자

인생이여
흐드러지는 향기 없어도

포기하지 말자

휘몰아치는 인생 광풍에도
흔들림 없이
심 기워진 자리를 버티는
생명을 키워낼 만한 뿌리 깊은 나무가 되자

화려한 인생 무대에 오르지 못해
못다 편 허리를 먼저 굽히지 말고

네게로 불어오는 은혜의 바람 따라
네게로 흘러오는 사랑의 물길 따라

인생 터전을 무대 삼고
인생 재료를 조명 삼아

당당하고
담담하게
너만의 인생 축제를 만들자

인생아

눈부시지 않아도
어둠 속에 더 밝히 보이는 밤하늘 별 하나처럼
세상 둘도 없는 네 존재 하나로 빛나고 있다

화려하지 않아도
한 번 심으면 해마다 꽃을 피우는 야생화처럼
살아 있기에 피어날 너로 충분히 아름답다

부디
화려하게 눈부신 것에 매여
주저앉지 말자
포기하지 말자
손을 놓지 말자

네가 살아 있는 오늘이 최고의 축제다

탕자의 축제

흑암 속 잠긴 마을 한구석
화려하게 피어오른 불꽃이 아늑하게 보인다

늙은 아비 거칠게 쉰 목소리
"아들아, 내 아들아"
기다림의 깊은 밤공기를 뚫고 달려 나온 아버지
옷자락 눈물 젖은 그 품이 따듯하다

"아버지, 아버지"
쥐엄 열매도 얻지 못했던
수치의 기억에 눈이 감기고

서늘한 밤 짚 풀 베개 삼던
설움의 눈물에 목이 멘다

호기롭던 젊은 날들 허비하고
받은 모든 것을 탕진한 채
누일 곳 없는 큰 흉년이 들고 나서야
비로소 궁핍한 인생을 보고
이제야 아버지 집으로 돌아온다

주워 먹을 열매조차 찾을 수 없는 배고픔보다
주린 배를 움켜쥐고 갈 곳 잃은 허무함에 더 굶주렸고

어두운 밤에도 쉴 곳 없는 외로움보다
가진 것 없으니 쓸모없다 버려진 공허함에 더 쓰라렸다

변함없이 바라보시는 아버지의 눈을 마주치니
이제서야 분깃을 요구하여 떠난 죄인임이 깨달아지고

내 아들아,

변함없는 아버지 목소리 들으니
여전한 사랑을 느끼며

눈물 땀 밴 아버지 품에 안기니
세상에서 얻지 못한 최고의 기쁨을 누린다

채색 옷을 입고
가락지를 끼고
딱 맞는 신발을 신으며

쓸모를 염려하지 않아도 쓸 것을 아시고
필요를 요구하지 않아도 딱 맞게 채워주시는
다함없는 아버지의 은혜를 누리고

아들아, 밥 먹자
묵직한 한 마디에
세상에서 알 수 없는 평안을 누린다

탕자의 축제

현수막이 걸렸다

끝없는 긍휼
끝없는 사랑

여전한 헤아림
여전한 살피심

아버지 집을 떠난
모든 탕자가
돌아오는 그날을 위해
탕자의 축제는
아직 준비되어 있다

오롯이 빛나다 : 축제처럼

너를 알기 전에

오롯이
나로
빛나고 싶었다

세상에 알림장을 보내고
빛의 축제 현수막을 걸면
누구든지 와서 보고 싶도록

열과 성을 다하는 치열함 끝에

젊음의 축제처럼
화려한 개막을 올릴 수 있도록

서는 곳마다 두드러져
어디에서든지 빛을 낼 수 있도록

오롯이
나로
빛나고 싶었다

너를 만나기 전에

오롯이
지어진 이름으로
방화하게 피어나고 싶었다

따가운 여름 볕에도 끄떡없어
바라만 보아도 좋은 생명으로
함께 하고 싶도록

분주한 인생길 끝에서
발목을 붙잡아 하늘을 보게 하는
여유를 전할 수 있도록

핀 자리마다 은은한 향기로
어느 누구든지 볼 수 있도록

오롯이
지어진 이름으로
방화하게 피어나고 싶었다

너를 알게 된 후

인생 무대 위
콩닥콩닥 두근거리는 너의 심장으로
내 인생이 반짝이기 시작했다

작은 인생 무대

두근두근 설레게 만드는 너의 몸짓으로
내 인생은 피어나기 시작했다

오늘의
나는

오롯이
너로
빛나고

오롯이
너로
피어난다

고요한 축제처럼
화려한 축제처럼

밖으론 축제가 열리고 있더라

화려한 불빛들 차들의 경적소리
열심히 달리는 뜨거운 볕 소리에
완벽한 핑곗거리를 찾으려 해

잘 지낸 척 할 수도 있고
환한 비웃음을 그냥 넘길 수 있어
눈엔 여전히 눈물이 고여 있는데
심장은 멈추지 않고 빠르게 뛰어

속은 급속도로 빠르게 울렁거리고
파도가 넘실거리는 배 안에서

빗길을 걸어 다니고 있는 것 같아

우리는 점점 죽어가는 삶을
살아가고들 있다고 하지만
난 비로소 죽어가 있을 때
살아있음을 느끼는 것 같아

갇혀있는 것도 아니었어
모든 것이 선명할 정도로
갖가지 색들이 다 보였어

겹겹이 쌓여가는 하모니가
내 눈을 찌르는 햇빛에 변하고
보이지 않는 손목의 선들은
화려하게 연주하는 현악기가 돼

화려하게 펼쳐지는 폭죽들은
쓰라려 오는 핸드폰 알림음처럼
어딜 붙잡을 정도로 계속 울려대

도망치려 양 귀를 부여잡으며
눈물 닦아내며 뛰어다녀도
나는 멈추는 방법이 없어
계속 멀리 도망치려고 해

사람들의 환호 소리가 들려
서로를 마주 보며 웃고 있어
난 어울리지 않는 것 같아

주변에선 축제가 열리는 것 같아
다행이더라, 다 웃고 있어서
그 즐거움만 느끼고 행복했으면
초라한 내 모습은 잊으면서 말이야

백마 탄 왕자님

나에게 축제라고 한다면 단연코 락페스티벌을 빼놓을 수 없다. 성인이 되면 꼭 락페스티벌을 가겠다고 10대에 주구장창 꿈꿨었고, 성인의 자유를 한껏 만끽하고 있을 때 드디어 첫 락페스티벌을 인천 펜타포트로 향했다. 나는 락페스티벌에 간다는 이유만으로 내가 어른이 된 것만 같았다. 많은 일들이 있었지만, 그 안에서 조금 설레는, 하지만 그렇게 유쾌하지만은 않은 이야기를 하려고 한다.

페스티벌에서 아주 놀라웠던 광경은 밴드 음악에 맞춰 다 같이 몸을 부딪치는 슬램 문화였다. 다 같이 크게 원을 만들고 음악이 터지는 타이밍에 맞춰 한 가운데로 돌진한다. 처음에는 이 사람들 뭘까 싶은 마음과 난생처음 보는 기괴한 풍경에 말을 잃었지만, 재밌어서 미쳐버리겠다는 사람들의 표정이 호기심 강한 나를 자극했다. 그리고 나도 용기를 내서 지켜보기만 하던 그 장면 속으로 뛰어가기로 결심했다.

　다 같이 몸을 부딪치는 통쾌함은 이루 말할 수 없었다. 내 몸이 어딘가에 부딪혀서 느껴지는 파동이 이렇게 짜릿할 줄이야. 파동은 몸을 타고 뇌까지 전달됐다. 평범하던 일상에 자극적인 감각은 스무 살 패기에 너무나도 잘 맞았다. 밖에서 누군가와 몸이 닿기만 해도 민감하던 환경에서 살아가다가 마음대로 대놓고 누군가와 몸을 부딪칠 수 있다는 게 특권을 가진 것만 같은 기분이 들었다. 여기까지 와서 이걸 안 한다는 건 말도 안 된다 싶었다. 사람들이 격투기를 보고 레슬링을 보면서 희열을 느끼는 게 이해가 갔다. 그렇게 나는 락이 울려 퍼지는 어두워진 천막 공연장 안에서 미친 듯이 사람들과 부딪혔다.

지금, 이 글을 읽고 있는 독자들이 나의 외형을 어떻게 상상할까 싶은데, 나는 키가 작고 마른 체형인 여자다. 지금이야 살려고 운동을 하고 있으니 그래도 잔근육이라도 있지만 그 당시에는 운동과 거리가 멀어 근력이라고는 하나도 없는 깡마른 소녀였다. 건장한 남자들과 몸을 부딪치던 밤, 거침없이 뛰어 들어가는 나를 호기롭게 쳐다보던 남성의 시선도 이해는 간다.

　'나 같은 왜소한 여자애가 저 안에 들어간다는 게 신기하겠지?'

　나는 그 정도로만 나를 생각했다. 정말 두려움도 없던 스무 살이었기에 가능한 이야기다.

　이틀 동안 참가한 페스티벌의 마지막 날이 되었다. 그날은 아침부터 분위기가 달랐다. 꽤 대장급의 락가수들이 많이 왔고, 심지어는 공연장에 도착하니 땡볕부터 서양 헤비메탈 공연에 웃통을 벗어 던진 우락부락한 문신한 사람들이 슬램을 하고 있었다. 나는 그저 흐뭇하게 그 광경을 바라보고 있을 뿐이었다.

'저거 진짜 재밌는데.'

스무 살 내 머릿속에는 그 광경을 보고 두려움 따위 느끼지 않았다. 그저 재미와 호기심뿐이었다. 어른이 된다는 건 그런 거 같다. 두려움 없이 세상에 태어났 지만 살아가면서 늘어가는 건 두려움이라는 거. 그때 와 지금 비교해 보면 나는 겁쟁이가 돼버렸다. 하지만 그런 두려움도 결국은 나를 지키기 위함이니 부정할 수는 없는 노릇이다.

다시 이야기로 돌아가 보면, 나는 둘째 날부터 전날 밤의 희열을 다시 느끼기 위한 도전을 마다하지 않았 다. 건장한 사람들과 함께 부대끼며 그 안에서 치이는 게 나는 왜 그렇게 좋았을까. 무시무시한 사람들을 보 고도 겁도 없이 뛰어들기를 반복했다. 그러다가 내 일 생일대의 사건이 일어난다.

제목을 보고 설레는 로맨스 판타지를 상상한 사람들

도 있을 것이다. 하지만 유쾌하지만은 않다고 말한 이유는 앞에 내용을 읽으면서 느꼈을 것이다. 아직 내 왼쪽 발목은 비가 오면 시릴 정도로 후유증이 남아있다.

열심히 슬램을 하는 도중이었고, 나는 미친 듯이 뛰어 들어갔다. 그리고 갑자기 세상이 깜깜해지는 경험을 했다. 사고는 순식간에 발생한다는 말이 맞다. 뛰어 들어갔을 때 뒤에서 밀어붙이는 사람들로 나는 중심을 잃고 쓰러졌고, 내 위로 많은 사람이 나를 덮쳤다. 얼마나 많은 사람이 있었는지는 모르겠지만, 내 몸이 일어나라는 명령을 듣지 않을 정도로 꼼짝할 수 없었다. 몸에 힘이 들어가지도 않고, 다리도 움직이지 않았다. 깜깜한 상황 속에서 내가 눈을 감아버린 건지 기절을 한 건지, 그때 기억이 없다. 그렇게 한동안 쾅쾅 울리는 페스티벌 장에서 나는 패닉상태로 누워있을 수밖에 없었다.

그때, 어떤 남자분이 나를 들어 무리 밖으로 '턱'하고 놓아주었다. 정신이 들고 보니 나는 사람들이 부딪히고 있는 그 중심에서 나온 상태였다. 여전히 사람들은 음악에 맞춰 서로 몸을 부딪치고 있었고, 나는 황

급히 나를 구해준 사람의 뒷모습을 찾았다. 정확히 그 사람인지는 모르겠지만, 정신없는 와중에 내가 본 그의 뒷모습은 덤덤하게 자기 갈 길을 가고 있었다. 아직도 주황색 모자를 쓰고 터덜터덜 걸어가는 남자의 모습이 슬로우모션처럼 남아있다. 그 이후부터 나는 그를 백마 탄 왕자님이라고 칭하고 있다.

혼란한 상황 속에 힘없이 쓰러져있는 공주를 구해주고 아무렇지 않다는 듯 저 멀리 사라진 왕자님. 그의 모습이 사라진 후 극심한 통증이 왼쪽 발을 통해 느껴졌다. 글을 쓰고 있는 지금도 왼쪽 발목으로 통증이 느껴진다. 이후에 크록스 신발을 신고 발을 절뚝거리며 의무실로 갔다. 응급조치라고는 파스를 뿌리고 붕대를 하는 것밖에 없었다. 10년이 다 되어 가는 지금까지 이 후유증은 꾸준히 나와 함께 있다. 아직 페스티벌 러버인 나는 차마 들어가지는 못하는 슬램존을 보며 아픈 왼발과 함께 그를 생각하곤 한다.

반딧불이 축제

2014년 여름, 내가 초등학교 3학년이 되던 때

우리 할머니께서 사시는 작은 시골 동네에선 이맘때쯤 여름 축제를 열었다.

반딧불이가 유독 많은 마을이라 축제 이름도 '반딧불이 축제' 였다

우리 가족은 매년 여름방학엔 할머니 댁에 놀러 갔던 터라 마을 축제도 매년 즐겼었다.

올해도 여름방학이 시작되자마자 어김없이 할머니 댁으로 향했다.

저녁에 있을 축제를 위해 우리 가족은 좀 일찍 출발

했다.

할머니 댁까지 거리가 좀 있어서 적어도 아침 9시쯤에는 출발해야 간신히 저녁쯤에 도착할 수 있었다.

"엄마, 얼마나 남았어?"

차를 타고 가는 도중에 어느 순간 나도 모르게 잠이 들었고, 일어나자마자 엄마에게 물었다.

"아직 한참 남았어, 더 주무세요. 어르신~"

내가 잠이 좀 많은 성격이라 엄마는 어린애가 잠이 왜 이렇게 많냐면서 날 가끔씩 어르신이라고 불렀다. 그렇게 시간이 좀 더 흐르고 오후 5시가 되어서야 할머니 댁에 도착했다.

도착하자마자 저녁을 먹고 바로 축제장으로 향했다.

축제는 사실 별것 없었다. 몇몇 동네 사람들과 조금 먼 읍내에서 온 사람들이 천막을 세워두고 음식을 팔았고, 금붕어 잡기나 풍선 터뜨리기 같은 놀이도 있었다. 특별한 게 한 가지 있다면 밤 10시 정각에 진행하는 '소등시간' 이다. 밤 10시 정각이 되면 축제 안 모든 천막의 불을 끄고 반딧불이들을 구경하는 것이었다.

내가 제일 좋아하는 시간이고, 제일 기다려지는 시간이었다. 반딧불이 구경이 끝나면 사람들끼리 불꽃놀이도 하고 조금 멀리서는 폭죽놀이도 즐기곤 했다.

축제장에 막 도착하니 아직 좀 이른 시간이라 사람이 별로 없었다. 몇몇 가게들은 이제야 천막을 펼치고 있었다. 설레는 마음에 밥을 다 먹자마자 달려온 터라 엄마, 아빠도 없이 혼자 우두커니 서 있었다. 원래였으면 여기서 엄마, 아빠를 기다려야 하는데, 사람들도 별로 없고 혼자 있기엔 좀 심심해서 주변 산책을 하기로 했다.

"하하하! 차가워!"
한 5분 정도 걸었을까. 가까운 곳에 있는 개울가에서 남자아이의 웃음소리가 났다.
여긴 도시량 꽤 멀리 떨어진 시골이라 학교도 없어서 나와 같은 꼬마들은 보기가 힘들다.
이런 마을에 남자아이가 있다는 게 신기해서 바로 소리 나는 쪽으로 달려갔다.

개울가에 가보니 딱 내 또래 정도로 보이는 까까머리 남자아이가 혼자 물장구를 치고 있었다.

예전에 다친 적이 있는지 왼쪽 눈 위에 큰 흉터가 있었다.

그 아이는 분명 보기에는 혼자인데 누군가와 함께 놀고 있는 듯 계속 웃으며 물장구를 쳤다.

그 웃음소리가 좀 특이했다. 굉장히 맑은 웃음이었다.

말을 걸고 싶었는데 뭔가 부끄러워서 그 아이 뒤에서 지켜만 보고 있었다.

그러다 눈이 마주쳤다. 당황스러워서인지 순간 몸이 살짝 굳었다.

그 아이도 처음엔 흠칫 놀라더니 대뜸 나한테 물을 뿌렸다.

그래서 나도 다가가서 물을 뿌렸다.

그 아이는 더 크게 물을 뿌렸다.

그래서 나도 더 크게 뿌렸다.

물장난이 시작됐다. 아니, 그 정도면 전쟁이었다.

우린 매우 필사적으로 서로에게 물을 뿌렸다.

중간중간에 서로 웃음이 새어 나오기도 했다.

"난 주호야. 박주호. 넌?"

10분 정도 지났을까, 물놀이에 지쳤는지 대뜸 나에게 이름을 물었다.

"난 이예지."

우린 뜬금없이 물놀이하고 뜬금없이 개울 한가운데에서 통성명했다.

개울에서 나와서 옷을 말리며 서로 이런저런 얘기를 했다.

어디서 왔는지, 몇 살인지, 아빠 흰머리가 얼마나 많은지 등등 많은 얘기를 했다.

주호는 여기서는 좀 떨어진 다른 동네에 사는데, 축제를 즐기기 위해 가족끼리 놀러 왔다고 했다. 축제의 분위기가 좋아서 다른 마을에서 축제가 열릴 때마다 찾아다닌다고 했다. 왼쪽 눈 위에 있는 흉터도 예전의 축제에서 친구들이랑 놀다가 크게 넘어져서 생긴 상처라고 했다.

시간이 꽤 흘러 어느새 밤이 되었고, 저 멀리에서

사람들 말소리가 들리기 시작했다.

나는 그제야 엄마 아빠가 생각이 났다.

주호도 그제야 생각이 났는지 축제 쪽으로 가자고 했다.

우린 각자 엄마 아빠를 찾으러 갔다.

입구에 도착하자마자 아빠를 만났다. 대체 어디에 가 있었냐고, 걱정돼서 한참 찾았다고 한 소리를 들었다. 좀 있다가는 엄마까지 와서 잔소리했다. 그래서 난 주호를 만나서 같이 논 이야기를 했지만, 엄마 아빠한텐 내가 뭘 했는지는 딱히 중요하지 않았던 것 같다. 그냥 계속 혼났다.

한참을 혼나고 살짝 배가 고파서 간식을 먹으러 갔다. 떡볶이, 어묵, 낙지호롱이 등등 이곳저곳을 다니며 군것질했다.

그다음엔 금붕어 잡기를 하고 풍선 터뜨리기도 하며 시간을 보냈다.

그렇게 시간이 흘러 어느새 9시 50분이 되었다. 소등시간이 다가왔다.

밤 10시 정각, 모든 가게의 조명이 꺼졌다.

반딧불이들은 자신들의 시간이 온 것을 알기라도 하듯, 일제히 날개를 펴고 날아올랐다.

온 주변에 노란빛이 가득했다.

"이예지!"

그 노란빛들 사이에서 주호가 나타났다.

난 엄마에게 바로 앞 잔디밭에서만 놀겠다고 약속하고 주호랑 놀러 갔다.

주호는 내 손을 잡아끌고는 잔디밭 쪽으로 빠르게 뛰어갔다.

주호의 손은 꽤나 따듯했다.

우린 잔디밭에 도착하자마자 드러누웠다.

주호는 기분이 좋았는지 잔디밭에 바로 눕고는 이리저리 뒹굴었다.

그 특이하고 맑은 웃음소리를 내며 막 뒹굴었다.

나도 질세라 그 옆에서 같이 웃으며 같이 뒹굴었다.

그러고는 적당한 곳에 가만히 누워 반딧불이를 지켜봤다.

"넌 웃음소리가 참 특이한 것 같아."

내가 말했다.

"나? 내 웃음소리가 어떤데?"

"음… 그냥… 파란색 같아."

아직 많은 책을 읽어보지 못한 나로선 뭐라 표현할 방법이 없었다.

그냥 내가 느끼는 대로 파란색 웃음이라고 말했다. 나름 괜찮은 표현이었다.

주호는 처음엔 그게 뭐냐며 깔깔대더니 내심 마음에 들었는지 계속 미소를 띠고 있었다.

그러더니 대뜸 나한테도 파란색 웃음소리가 난다고 했다.

나도 왠지 그게 마음에 들어서 기분이 좋아졌다.

낮에 잠깐 비가 온 터라 잔디 전체에 풀냄새가 가득했다.

너무 심하지도 않은 딱 맡기 좋은 풀냄새였다.

우린 그 잔디를 마음껏 뒹굴었다. 서로 술래잡기도 하면서 계속 뛰어다녔다. 계속 웃었다. 그 주위를 파

랗게 물들였다. 그 파란색 중간중간에 반딧불이가 노
란 불빛을 심어주었다.

밤은 그렇게 깊어가고 우리만의 축제는 무르익어
갔다.

반딧불이들은 계속해서 밝은 불빛을 내뿜으며 우
리 주변을 맴돌았고, 그게 마치 별똥별 같아서 함께
소원을 빌기도 했다.

이 축제가 영원하길 빌었다.

그렇게 시간이 흐르고, 조금 멀리서 폭죽이 터지는
소리가 들렸다.

우린 같이 잔디밭에 앉아서 하늘에서 터지는 폭죽
을 구경했다.

왜인지는 모르겠지만 주호는 계속 내 손을 잡고 있
었다.

나도 그 손의 따뜻함이 싫지는 않아서 계속 잡고 있
었다.

시간이 좀 흐르고 엄마가 부르는 소리가 들렸다.

우린 내일 다시 개울가에서 만나기하고 각자 집으로 돌아갔다.

"내일 꼭 다시 보는 거야, 알았지?"

주호가 손을 놓으면서 신신당부했다.

나는 그때 놓았던 그 손을 후회한다.

그렇게 다음날이 되고, 이른 아침부터 아빠가 날 다급하게 깨웠다.

할머니께서 갑작스럽게 쓰러지셨다고 했다.

할머니를 모시고 서둘러 병원으로 향했다.

할머니 집에서부터 병원까지 거리가 좀 있어서 가는 데까지 꽤 긴 시간이 걸렸다.

진단 결과, 할머니께선 뇌출혈로 쓰러지셨다고 했고, 상태가 매우 위험하다고 했다.

할머니께선 의식이 없으셨고, 그다음 날 아침, 돌아가셨다.

너무나 갑작스러운 죽음이라 모두가 정신이 없었다. 장례를 치르고, 슬픔 속에서 주호와의 약속은 새

까맣게 잊은 채 여름방학을 끝마쳤다.

할머니께서 돌아가시고 그 동네에 갈 일도 없어졌다.
주변에서 축제가 열릴 때마다 주호가 생각나긴 했지만, 마땅히 연락할 방법이 없었다.
그렇게 여러 해가 지나갔고, 나는 주호를 그저 어린 시절의 추억으로 기억하며 점차 잊어갔다.

밤하늘을 가득 메웠던 파란 웃음을 잊었다.

그러다 내가 21살이 되었던 어느 겨울,
아르바이트를 마치고 집에 가는 길에 충격적인 뉴스를 보았다.
군부대에서 총기 난사 사건이 벌어졌다는 뉴스였다.
피해자들은 총 12명, 그중 10명이 숨지고 2명이 중상을 입었다고 했다.
앵커가 소식을 전한 뒤 화면에는 피해자들의 얼굴이 나왔고, 나는 순간 몸이 굳어서 움직일 수가 없었다.

사고로 숨진 10명의 영정사진 중에
왼쪽 눈 위에 길쭉한 흉터가 있는 사람이 있었다.

사진 속 얼굴에는 내가 잊고 있었던 파란색이 여전히 묻어있었다.
내가 그 웃음을, 그 색을 잊었기 때문일까.
어린 시절 꾸었던 꿈의 결말이라기엔 너무나 잔인했다.
아무 생각이 들지 않았다.
그저 우두커니 그 자리에 서서 마지막으로 눈에 담았다. 그 파란색 웃음을.

P.S
서쪽 어느 나라에는
죽은 자들을 위한 축제가 있다던데
난 나중에 내가 죽거든
거기부터 들려볼 생각이야
아마 거기선 다시 볼 수 있겠지
파란색 웃음소리를

내 인생 축제는 끝났나 보다 1

어렸을 때는 새벽까지 먹고 마시는 축제가 좋았다.

클럽에서 밤새 놀고 새벽에 술도 깨고 출출한 속을 달랠 겸 해장국을 먹고 들어가서 오전에 푹 자고 나면 오후에 고새 쌩쌩해져서 뭔가 다시 하고 싶어지곤 했다.

내가 대학 다닐 시절엔 홍대는 인디 밴드 위주였고, 클럽들이 생기기 시작할 무렵이었다. 언젠가부터 유명 클럽들이 들어서고, Club Day라는 것을 만들어서 이 클럽에서 저 클럽으로 이동하며 놀기도 하는 문화도 만들어졌다. 당시만 해도 나이트클럽 문화가 클럽보다 더 주류였다. 강남은 왠지 꺼려져서 대학들이 모여 있는 신촌에 많이 갔는데, 괜찮은 나이트클럽도 있었고 또래들이 많이 모이곤 했다.

새벽까지 놀고 나와보면 새벽 두세 시가 넘은 시간이었는데, 불야성이라는 말에 걸맞게 밝았고 사람도 대낮을 방불케 할 만큼 많았다. 처음 그 광경을 보았을 때는 많이 놀랐다. 먹고 마시는 곳이 많은 만큼 모텔도 많아서 택시 타고 집까지 가지 않아도 피곤하면 그냥 거기서 자면 그만이었다. 나 때만 해도 낮에 모텔 가는 것이 눈치 보이고 조금 꺼려졌는데, 어느 때부터인가는 대낮 대학 공강 시간에 모텔에 가서 쉬려는 친구들이 많아서 줄을 서야 한다는 말을 듣고 놀랐다.

그때는 술 마시고 돌아다니면서 사람들 만나서 같이 노는 것이 뭐가 그렇게 좋았는지, 나이트클럽에서 부킹으로 만난 낯선 여자들과도 이 얘기 저 얘기하면서 잘 놀았고, 남자 녀석들과 스테이지에서 dance battle을 하기도 하며 재밌게 어울렸다.

지금 그렇게 하라고 하면 도저히 할 수 없는 일이다. 최근 회사 후배로부터 워터밤인가 하는 축제에 가는데 입장 전에 몇 시간을 기다리고, 본 이벤트 때 즐기는 내내 서 있었다는 말을 들었다. 입장료도 10만 원이 넘었던 것 같다. 속으로 생각했다. 10만 원 받아도 그렇게는 못 하겠다. 힘들어서.

대학을 갓 졸업하고 회사에 들어간 사회 초년생 때만 해더라도 동기, 선배 혹은 후배들과 대학 때처럼 밤새 술 마시고 놀며 재밌고 놀고, 다음 날 아침에 잘 일어나서 회사로 출근하곤 했다. 물론 얼굴도장 찍고 콩나물 해장국을 먹은 다음 오전은 사우나에서 푹 담그고 오후에 정신 차리고 일을 했지만. 그 시절엔 회사 근처 사우나에서 회사 사람들을 만나는 적이 많았다. 심지어 사장님이나 전무님을 만난 적도 있었다.

그분들도 하늘에서 뚝 떨어져서 전무니 사장이 된 것이 아니라, 나와 같이 사원, 대리 시절을 지나 비슷하게 살아오셔서 그런지 비슷했고 마주쳐도,

"어제 많이 마셨나?
씻고 푹 쉰 다음에 오후에 열심히 해."
하시곤 했다.

그러다가 서른이 넘어가면서였나. 밤 열두 시가 넘으면 급격히 졸려서 도저히 새벽까지 놀 수 없는 지경에 이르렀다. 확실히 20대 초반의 체력과는 달랐다. 새벽까지 마시면 다음 날은 거의 망가졌다. 하루 종일 늘어져서 쉬면 오후 늦게야 겨우 회복되곤 했다.

그러면서 자연스레 불금과는 멀어졌는데, 친구 중 노는 것을 유난히 좋아하는 친구들은 토요일 밤을 즐기기 위해, 늦게 일어나서 점심 먹고 낮에 실컷 자고 체력을 비축하고 난 다음 저녁에 놀기까지 했다. 대단한 정성이었다.

"야, 그런 정성으로 공부하고 일했으면 고시 패스하고 벌써 임원 되었겠다."

하고 놀리곤 했다.

하지만, 그 친구들도 40이 넘어서는 많이 죽어서 술을 끊는 경우도 많이 생겼다. 나이 들면서 술을 마시면 잘 깨지도 않고 피로도 너무 오래 가기 때문에도 그렇고, 코로나 시절에 회식과 모임 문화가 많이 사라지며 그렇게 변화하는 계기가 되기도 했다.

내 경우 30대 중반에는 해외 주재원으로 있었는데, 아파트 같은 숙소가 구해지기 전엔 호텔에서 장기 투숙을 하기도 했다. 그땐 평일에 열심히 일하고, 주말엔 심심할 정도로 아무 일이 없어 머물고 있는 도시나 주변을 여행하기도 했는데, 호텔에 머물며 밥 먹고 호텔 수영장에서 수영도 하고 sun bed에 누워서 자면서 쉬는 경우도 많았다. 자쿠지가 있어서 한국에서 자주 가던 사우나 느낌으로 푹 쉬기도 해서 참 좋았다. 그때 그런 생각이 들었다.

'지금이 내 인생의 전성기일까?'

30대까지는 열심히 일하며 실력을 올리고 경험을 쌓고, 40대에 쌓아 올린 경험과 network를 바탕으로 가장 높은 수입을 올린다고 한다. 그래서 45세 전후로 peak에 이르는 경우가 많다. 물론, 경력이 쌓인 만큼 수입이 높아져서 50대에 더 높은 수입을 얻는 직종도 있지만, 반대로 45세에 반강제 정년을 맞이해서 다른 일을 찾아야 하는 경우도 있다. 나의 경우 물론 40대인 지금이 30대인 그때보다 더 연봉도 높고 그렇지만, 당시엔 해외 수당도 받으며 코로나 전이라 해외에서 그야말로 날아다니며 일을 했고 쉴 때도 해외 생활하는 덕에 호텔 같은 곳에서 잘 먹고 잘 쉬었던 기억이 있다.

해외 생활을 할 땐, 20대의 나와는 다른 의미에서 인생의 축제를 즐겼던 것 같다. 어릴 땐 젊은 혈기에 술 마시고 밤새 놀며 나이트클럽 같은 곳에 가서 새로운 사람들을 사귀며 노는 것이었다면, 30대엔 정말 여러 곳 여행을 많이 다녔던 것 같다.

하긴, 남들은 평생 한 번 가볼까 말까 한 터키의 카파도키아에는 밥 먹듯이 가서 열기구를 타곤 했으니, 그것만 봐도 말 다 했다고 볼 수 있다. 그땐 새로 부임하는 사람들이나 현지 출장을 나온 사람들이 같이 가자고 해서 끌려다니며 지겹게 다녔었는데, 지나고 보니 잘 다녔다는 생각이 든다. 열기구에서 내려다보는 기암괴석의 멋진 모습도 아름다웠지만, 석양에 비친 자연은 정말 압권이었다.

내 인생 축제는 끝났나 보다 2

터키에 있을 때 기억나는 축제가 있다면, 결혼식에 초대받았을 때였던 것 같다.

몇 날 며칠을 그렇게 재밌게 축제를 즐기는데, 하루만 저녁에 가서 밤늦게까지 있었는데도 몸이 힘들 정도로 놀았던 기억이 난다.

결혼식을 축제처럼 이렇게 오래 하는 이유를 물어보니, 자기네 나라는 땅이 넓고 해외로 간 가족 친지 등이 많아서 결혼식을 길게 해서 모든 사람이 올 수 있는 시간에 맞춰서 와서 그때 얼굴을 보고 파티를 즐긴다고 설명해 주었다.

한국에선 하루만 결혼식을 해도 그거 힘들어서 두 번은 못 하겠다고들 하는데, 대단하다는 생각이 들었다. 물론 한국에서도 그 좋은 것을 두 번, 세 번 하는 사람들을 보며 대단하다고 생각하기도 했지만.

남미에 있을 때도 결혼식에 초대받았던 적이 있었는데, 기억 남을 정도로 특이했다.

신랑은 60대 할아버지였고, 신부는 30대 아가씨였는데, 신부가 자신의 딸보다 나이가 어렸다. 아내와 이혼하고 어린 신부와 재혼하는 것이었는데 신기했던 건 그 결혼식에 전 부인과 딸을 초대했었다. 그 할아버지와 딸이 모두 업무 partner이었기 때문에 둘 모두와 인사를 했었는데 반응이 매우 대조적이었다.

할아버지는 어린 새 마누라 얻는다고 그 나이에도 연신 함박웃음을 지으며 좋다고 난리였는데, 딸은 아버지 결혼식이라고 오긴 왔는데 너무 싫다며 표정이 무척 어두웠다. 하긴 자기보다 나이 어린 새엄마가 생겼는데 좋을 리가 있었겠나. 더욱이, 아버지가 재산도 조금 있었는데, 나이 들어서 곧 죽으면 그 재산이 자기 것이 될 것이었는데, 유산을 받을 사람이 하나 더 늘었으니 싫었을 수도 있겠구나 하는 생각은 했다. 물론, 전 부인은 오지도 않았다.

이 딸내미 친구가 아버지 재혼 후 계속 우울해하길래 우리 사무실 "아사도 파티"에 초대했다.

우리도 고기를 참 좋아하지만, 여러 나라 사람이 고기를 좋아한다. 법이나 문화적으로 금지하는 나라를 제외하고, 특히 목축이 발달한 곳에선 예외 없이 고기를 좋아했다. 축제에 고기는 빠질 수 없는 음식이었다. 터키에서도 무슬림 국가이다 보니 소와 돼지 (특히, 돼지) 고기를 먹기 힘들어서 닭 요리를 참 많이 먹었다. 처음 부임했을 때 닭 요리를 맛있게 먹고 있는데 이미 온 지 오래된 사람들은 잘 먹지 않는 걸 보고 무슨 문제 있느냐 물으니, 여기선 고기 섭취를 위해 닭을 너무 많이 먹다 보니 물려서 그렇다고 말했다.

남미의 경우 해안가에 sea food 문화가 발달해 있어, 특히, 페루 같은 곳에선 문어나 생선 등의 수산물이 축제에 빠질 수 없지만, 아무래도 고기 문화가 중심에 있다. 특히, 우루과이와 아르헨티나 소고기가 정말 유명하고 맛있다. 아르헨티나는 한때 농업과 축산업으로 세계 경제 대국 4위권에 있었다는 말이 있을 정도로 대단했었다.

고기를 잘 먹어서 축구를 잘한다는 말이 있었는데, 우스갯소리 같지만, 꼭 그렇지도 않은 것이, 아르헨티나의 백인들은 이탈리아계 친구들이 많다. 그리고 축산업의 발달로 고기도 잘 먹어 건강하고 신체 발달도 더 잘 되어 있고, 돈도 많이 벌어 축구에 투자도 많이 하기 때문에 그렇다는 거다. 과거 서독, 이탈리아, 아르헨티나, 브라질이 돌아가며 월드컵 우승을 하던 시대를 떠올려 보면 이해가 간다.

아르헨티나는 많이들 아시는 것처럼 와인도 발달했는데, (역시 농업, 축산업 강국답다) Red Wine의 종류 중 적색 고기 스테이크와 가장 잘 어울린다는 말벡도 아르헨티나로부터 출발했다. "말벡의 고향"이라는 곳에 출장간 김에 가보고 감동했다. 맛있는 고기 육즙과 와인 생산지 와이너리에서 신의 물방울을 함께해서 눈물이 날 정도로 맛있었다.

이렇게 고기를 좋아하는 남미답게 오피스 건물의 옥상엔 바비큐 시설이 있는 곳이 많다.

업무 파트너 친구들로부터 '아사도 파티'에 초대를 많이 받았는데, 식당에서 먹은 적도 있었지만, 그 친구들 사무실 옥상 혹은 집에 가서 먹기도 했다. 단독 주택의 경우 당연히 바비큐장이 있는 곳이 많았고, 아파트 단지에도 바비큐장이 당연히 있었다. 한 가지 특이했던 건, 아파트 단지 내 바비큐장에서 고기를 먹고 밤새 술 마시고 노래를 부르면 한국 같으면 난리가 났을 텐데, 남미에선 금요일과 토요일 밤엔 나도 그렇게 놀 때가 있으니, 너도 그렇게 노세요 라는 마인드로 누가 뭐라고 하지 않았다. 우리나라도 삼겹살 파티로 잘 알려진 고기 파티와 노래방 문화가 있는데, 남미 친구들의 고기 사랑과 노는 것에 진심은 더하면 더했지 못한 것 같진 않다. 그래서 우리와 통하는 면이 있는지도 모르겠다. 그런 면에서 터키도 통하는데, 닭고기 외에 양고기도 많이 먹는 이 친구들은 케밥이라는 고기가 들어간 음식을 만들기도 했는데, 고기를 돌리며 불에 굽는 것이 그렇게 떨어져 있는 나라인데도, 케밥, 아사도, 삼겹살 파티라는 이름으로 그렇게 비슷하게 성행하는 것도 흥미롭다.

이미 몇 년째 남미 생활하며 스페인어와 볼 뽀뽀에도 어느 정도 익숙해져 있던 나는, 아사도 파티에서도 한국에서 삼겹살 굽던 실력을 유감없이 발휘했다.

다들 처음엔,
'외국인인 네가 고기를 안 태우고 맛있게 잘 굽겠어? 아서라.'
라는 눈초리로 바라보았지만,

연기를 잘 참아가며, 면장갑을 끼고 기가 막히게 고기와 소시지를 굽는 내 모습을 보며 신기해하고 동시에 친근감을 느꼈던 것 같다. 오고 가는 고기와 술잔 속에 정도 쌓이고 친목도 높이며 그랬던 것 같다. 보통 금요일 오후엔 그렇게 다들 아사도 파티를 하며 보내고 주말엔 가족들과 함께 시간을 보냈다.

우리 딸내미 친구도 자기 아버지 재혼 결혼식에선 울상이더니, 초대받아 온 우리 회사 아사도 파티에선 웃상이었다. 정성 들여 멋지게 구운 고기를 가져다주니 말벡과 시원하게 마시며 너무 좋아하던 모습이 눈에 선하다. 아, 이 친구들은 아사도 파티를 하기 전에 맥주로 먼저 start를 하는 경우가 많다. 그리고 본격적으로 고기를 먹으면서 와인과 함께한다. 마지막엔 달달한 디저트로 마무리.

그렇게 아사도 파티란 해외에서의 축제는 나에겐 현지에서 좋은 추억이자, 함께 일하는 현지 사람들과 친해지는 계기가 되어주었고, 일이 잘 풀리게 만들어

주는 윤활제와 같은 시간이었다.

　오늘은 아사도 파티를 기억하며 친구들과 고깃집에 가서 삼겹살 파티를 해야겠다.

축제엔 역시 맥주지

회사의 한 동료는 매년 일본에서 열리는 삼바 카니 발을 가서 보는 것이 취미였다.

결혼해서 자녀도 있었는데 가족끼리 갈 수 없으면 혼자서라도 가곤 했다.

그만큼 재미있었나 보다.

한번은 같이 가자고 하길래, 비행기 마일리지도 많 이 남아 있고, 엔화도 요즘처럼 가치가 하락하고 있어 서 그러자고 했다.

일본은 사실 여러 차례 출장 등으로 다닌 터라, 남미 주재원을 하며 비행시간만 20시간 안팎이고 transit을 위한 대기 시간을 포함하면 24시간, 하루 꼬박 이동을 해본 나로서는 그냥 부산 정도 가는 느낌이었다. 실제 비행시간도 한두 시간 정도라 더 그랬다.

처음엔 브라질 축제를 왜 일본에서 하나 싶었는데, 우리나라에도 이란의 테헤란로가 있고, 이란의 테헤란에도 서울로가 있듯이, 외교와 국제 교류를 하다 보면 이렇게 쌩뚱맞아 보이는 다른 나라의 축제가 관련 없어 보이는 나라에서 열리는 걸 보기도 한다. 하지만 일본의 유명 축구 선수가 브라질 축구 선수의 현란한 발기술 테크닉을 보여주면서 널리 알려진 일본의 브라질로 축구 유학을 기억해 보면 이야기가 달라진다.

또한, 해외 여러 나라를 주유하며 느낀 것이지만, 섬나라 일본의 해외로의 진출은 우리보다 훨씬 오래 전이었고, 그 적극성 또한 대단하다. 특히, 일본 차관을 도입하여 주요 인프라 사업을 추진하는 동남아에서 그런 것을 많이 느꼈고, 남미 주재원 시절엔 여기까지 이 일본 친구들이 이렇게까지 해외의 여러 나라에 다양하게 진출하고 네트워크를 넓게 펼쳐 두었는지 놀라기도 했다. 물론, 제국주의로 영토 점령의 야욕을 가졌던 것도 이 역사와 무관치 않다.

그렇게 축제를 보며 역사와 국제 관계 등 여러 가지 생각을 하며 보았다. 브라질에도 출장으로 간 적이 있었는데 축제를 보면서 위험하다고 생각했지만, 일본에서의 삼바 축제는 위험해 보이진 않았다. 활기찬 분위기가 그저 좋았다. 스페인 출장을 가서 토마토 축제에 가서 너무 정신없고 재미있긴 했지만 좀 지저분하지 않나 하는 생각을 했던 것과는 달랐다.

한국에선 회사가 광화문 쪽에 있어서 조계사를 중심으로 한 석가탄신일 축제를 많이 본 편이었는데, 종교 행사와 춤을 중심으로 한 국제 문화 교류 차원의 행사라 차이는 있겠지만, 아무래도 삼바 축제가 훨씬 더 역동적이었던 것 같다. 입고 있는 옷 자체부터 우리나라 석가탄신일 축제는 정갈하고 단정한 한복이나 승복이 많았다면, 삼바 축제는 반쯤 벗고 참여한 사람들이 많았다.

같이 간 동료는 여긴 왜 이렇게 올 때마다 신나고 재미있는지 모르겠다며 무척 좋아했다. 그 친구를 보면서 사람이 일을 하고 돈을 벌고 자기 계발을 하는 것도 중요하지만, 이렇게 취미나 여행같이 자신이 정말 즐길 수 있고 좋아하는 무언가가 하나 혹은 그 이상은 꼭 있어야겠다고 생각했다.

그런데, 일본 축제를 따라나선 나에게는 다른 속셈이 하나 있었다.

바로 좋아하는 일본 맥주를 현지에서, 한국보다는 조금 더 저렴한 가격으로 실컷 먹자는 것이다. 한국에서 마시는 생맥주도 맛있었다. 카스 같은 생맥주는 요즘 같은 여름이면 꼭 생각나서 저렴하게 한잔씩 하며 더위를 식히곤 한다.

그런데, 언젠가 회식을 하고 한 선배가 법카로 쓴 김에 비싼 맥주를 마셔보자고 해서 '기린 이찌방'을 마셔본 적이 있었다. 사실 역사적인 이유로 일본을 그렇게 좋아하지 않아서 조용한 차를 좋아하면서도 렉서스는 아예 살 생각을 해 본 적이 없고, 일본 맥주도 '한국 맥주 시원하고 맛있는데 굳이'라는 생각으로 잘 마시지 않았다. 물론 가격 면에서도 일반 호프집에서 한국 맥주는 한잔에 2~3,000원 선에서 마실 수 있었는데, 기린 이찌방은 한잔에 만원이라 가성비에서 차이가 많이 났다. 즉, 기린 이찌방 한잔 마실 돈으로 카스 생맥주 3-4잔을 마실 수 있으니 내 돈 내고 마실 때 당연히 직장인의 선택은 카스 생맥주였다.

선배가 권해서 마시면서도 굳이 이걸 이 비싼 돈 내고 마셔야 하나 하며 마셨다. 회삿돈이니 그래 잘 마시고 일 열심히 해서 훨씬 더 많이 벌어다 주면 되지 하는 생각이었다. 맥주의 진정한 맛은 첫 모금에서 알 수 있다더니 이건 신세계였다. 어떤 사람들이 한국 맥주는 물을 너무 많이 타서 별로라는 말을 들었을 때,

그런가 싶었다. 그런데 비교하면 확실하다더니 진짜 한국 맥주는 물 타고 유명 연예인들 광고 때려서 팔아먹는 거구나 하는 생각이 정말 안 들래야 안 들 수가 없었다. 그렇게 5잔 연속 마셨다. 내가 마신 맥줏값만 5만 원. 회사 근처 호프집에 셋이 가서 카스 생맥주 몇 잔을 때려 마셔야 나오는 돈이었다. 둘이 가면 2-3만 원이면 족했는데 과연 비싸긴 비쌌다.

하지만, 입은 간사한 것이 좋은 것을 입에 대면, 다음에 기존에 잘 마시던 것이 별로이게 되기도 한다. 마치 비행기 비즈니스 클래스를 타고 이코노미를 타는 느낌이랄까? 그다음부터 월급날이나 주식으로 돈을 벌거나 법카를 쓸 수 있을 때는 이 기린 이찌방을 많이 마셨던 것 같다. 그런데, 이 맥주가 일본 맥주 중에서도 급이 가장 높다 보니 가게에 팔지 않아서 대안으로 아사히와 산토리를 마셨는데, 그 맥주도 기린 이찌방만큼은 아니었지만, 가격이 조금 낮은 대신 맛은 한국 맥주와 비교할 바가 아니었다.

그래서, 우리나라와 일본이 무역 분쟁이 있어서 수출 금지와 제재 등이 있을 때, 일본 맥주를 마실 수 없어서 아쉬움이 많았다. 그때 정확하게 알게 되었는데, 일본이 우리나라에 수출하는 주요 품목 중에 일본 맥주가 있었다. 품질과 사람의 입맛은 어쩌지 못한다는 걸 알았다. 가성비 짱이라는 유니클로. 그 큰 매장에도 사람이 없고, 렉서스 차를 타고 주유하러 가면 일하시는 분들이 싫어하는 정도라고 했으니 나도 괘씸한 일본의 행동에 본때를 보여주기 위해 일본 맥주를 마시지 않기로 했다. 그리고, 많은 사람이 그렇게 마시지 않으니, 재고율이 높아져 맥주 맛이 전과 같지 않을 거라는 실질적인 생각도 한몫했다.

그때 찾은 대안이 독일 맥주였는데, 지금은 기린 이찌방보다 더 좋아하는 것이 헤페바이젠이다. 제대로 파는 곳은 기린 이찌방보다 더 비싸게 팔기도 하고 맛도 기가 막히다. 개인적으로 밀맥주를 더 좋아하고, 에일보다 라거를 더 좋아하는데, 당시 일본 맥주를 마시지 못하다가 헤페바이젠을 마시니 정말 신세계였다. 이래서 어려울 때 다른 시도를 하면서 더 좋은 기회가 생기나 하는 생각까지 들었다.

역시 맥주의 본고장이라 다르긴 다르구나 하는 생각을 했다. 양꼬치엔 칭따오라고 해서 칭따오 맥주도 하얼빈 맥주와 함께 중국에서 유명한 맥주인데, 칭따오 맥주가 맛있고 유명해진 이유가, 서양 열강이 중국에 진출했을 때 그 청도 지방을 독일이 들어와 있었고, 독일의 맥주 기술이 그때 들어와서 칭따오 맥주를 만들었는데 그렇게 중국 특유의 맛과 합쳐져서 대단한 맥주가 되었다는 말이 있을 정도다.

터키의 에페스 맥주도 비슷하게 독일 맥주의 영향을 받았다고 들었다. 당연히 칭따오와 에페스 맥주를 좋아하는 나는, 터키에 주재원으로 있을 때도 에페스를 많이 마셨다. 그리고, 이스탄불에서 독일로 직항이 있고, 비행시간이 그리 길지 않아 동료들과 놀러 가서 옥토버 페스타에 참여해서 맥주를 마시기도 했다. 나에게 축제란 맥주와 함께하는 시간이었고, 이렇게 여러 나라를 주유하며 그 나라 사람들과 그 나라 맥주를 마시며 함께하며 세상을 배우는 것 같다.

더운 여름 열심히 일하고 동료들과 생맥주 한잔하는 여유는 어떨까?
단, 여름에 과도한 음주는 금물! 건강이 최고다.

우리나라는 맥주를 마실 때 "위하여!" "짠!"이라고 하고,
일본에선 "간빠이!", 미국에선 "Cheers"라고 한다.

남미에서 맥주를 마실 땐, 이렇게 외친다.
"Salud"
건강을 위해서라는 뜻이다.

불꽃의 막바지

낮에도 밤에도 수도 없이 뛰어들었지
어느 소란 속으로
어느 불꽃 속으로

바닥에 떨어진 음식을 몰래 주워 먹는 개와
먹기 싫은 음식을 몰래 버리는 주인
수줍게 맞잡은 손과
그것을 사랑이라 착각하는 눈동자
달빛에 반사된 조명을 요정으로 착각하는 어떤 아이와
요정에 홀린 아이를 꼭 붙들려는 어떤 어머니
문득 도박 게임을 발견한 사람과

안된다고 소리치는 지갑

엎드린 태양 거꾸로 일어선 달
하늘에 피어난 뜨거운 꽃 아래에서는
모두가 주인공이었고
나는 너와 손을 맞잡은 채
사랑이라는 착각을 하고 있었지
착각이 아니라고 믿었지만
믿음조차도 착각이었지

그래도
함께 본 불꽃이
맞잡았던 손이
마주 본 순간이 있었기에
그날은 온통 축제였지

그날의 불꽃축제는

그런 시절이 있다. 그저 지나갔으면 하는 괴로운, 시절들이. 뭐가 그렇게 힘드냐고 물어오면 대답하기 어려운 시절들이. 막상 그런 시절이 지나면 알 수 없는 허무함이 몰려오곤 한다. 그때 내가 괴로워하면서 결국 뭘 했지. 고개를 저으면서 그런 생각은 버려야 한다고 다짐한다.

군대에서 나는 또다시 그 생각을 되풀이하고 있었다. 주는 것 같지도 않은 디데이를 세면서, 이곳에 익숙해짐과 동시에 사회와 멀어지는 나를 느끼면서, 실감하면서. 하루하루를 열심히도 먹어 치웠다. 없애는 게 우선이었다. 그 생각만 했다. 휴가만 기다렸지만,

그렇게 버티고 버티다 휴가를 나와도 사실 별다를 게 없었다. 무작정 놀고 싶었는데, 놀 거 하면 떠오르는 게 한정적이었다. 카페, 밥집, 술집, 노래방, 피시방. 군대에 가기 전부터도 익숙하던 코스들. 제대하면 나는 어떻게 살고 있을까. 알고 보면 인생은 다 거기서 거기구나 하고 시시한 눈으로 방 창문에 비친 도시의 불빛을 바라보았다.

겨우 휴가를 나왔으나 다른 대학 축제는 모두 놓쳐 망연자실하고 있던 10월. 한강 불꽃축제를 보러 가기로 했을 때는 의외로 진심이었다. 삼 년 만에 하는 거랬다. 좋아, 가보지 뭐. 이런 뜻밖의 기회를 잡아보는 것도 꽤 재밌을 거로 생각했다거라 생각했다. 기대가 시시해질 일들만 기다리고 있다는 것도 모르는 채 나는 약속을 만들었다.

보기로 한 친구들은 셋이었는데, 하나둘 못 갈 거 같다면서 물러났고 당일엔 결국 한 친구만 남았다. 파투를 내도 이상하지 않은 분위기였지만 친구와 나는 그러고 싶지 않았다.

뭔가, 분해서였다.

여의도역에 도착한 건 불꽃놀이가 시작되기 세 시간 전…. 인데도전…인데도 사람이 이리 많을 줄은 몰랐다. 먼저 자리 잡은 친구의 경고가 맞았다. 이거는 예상 못 했는데, 하고 전화로 겨우 친구를 찾았다. 저 멀리 도시 아래에 깔린 탁 트인 한강이 보이는데 주위엔 사람이 바글바글하니 이상했다. 뭐랄까 시원한데 답답한 기분. 찜통 속에서 빙하가 흘러가고 펭귄들이 춤추는 에어컨 광고를 보는 기분이랄까. 착잡했다. 다들 뭐가 재미있다고 저리 웃는 거지. 친구와 나는 급하게 장만한 돗자리에 무릎을 모아 앉아서 깔깔거리는 사람들을 구경했다. 커플들이 대부분, 아니면 동아리나 모임, 친구들로 보이는 남녀들이었다. 남자 둘, 그것도 휴가 나온 군인-머리만 봐도 가늠하기 충분한 스타일-은 암만 봐도 우리뿐이었다. 좀, 처량했다.

"이 그림, 뭔가 이상하지 않아?" 내가 물었다.

"그냥 불꽃만 보면 되는 거지." 친구가 심드렁하게 말했다.

기다리고 기다렸다. 나름대로 기분도 냈다. 인파를 뚫고 간식거리와 술을 사 들고 왔고, 축제 팸플릿을 처음부터 끝까지 인내심을 가지고 읽어보았다. 한강을 풍경으로 사진도 찍고 책도 들춰봤다. 그러는 사이 해가 졌다.

해가 지면서 기분은 더 '잡쳐'왔다. 앞에 자리가 없는 게 뻔히 보이는데도 앞으로 가겠다고 사람들이 계속 들어왔고, 급기야 우리 자리를 밟고 지나갔다. 한 사람이 그러자 다음 사람도 그러고, 끝이 없었다. 신발이 밟혔고, 해 지면 먹으려고 놔둔 닭고기꼬치와닭꼬치와 튀김이 진창처럼 뭉개졌다. 이성의 끈이 탁, 하고 끊기는 기분이었다. 이러려고 온 게 아닌데, 억울하다 못해 화가 났다. 그러나 화를 내고 싶지도 않았다. 진짜, 되는 게 없구나 싶었다.

인파에 정신이 아득해지던 와중 휘리릭 하더니 이내 펑, 하고 터지는 소리가 귀를 울렸다. 귀가 쫑긋 세워졌다. 흘러드는 인파가 멈칫했다. 불꽃축제가 시작된 거다. 우리는 흥분에 휩싸여서 어디야? 어디야? 외쳤다. 그런데 누군가 소리만 튼 것처럼 불꽃은 도통 보이지 않았다. 친구가 사방을 둘러보더니 옆쪽, 가로수로 빽빽하게 들어찬 곳 너머로 불꽃의 끄트머리가 아주 조금 보인다고 소리쳤다.

그러니까, 자리를 애초에 잘못 잡은 거다.

뭐라고? 모든 게 망했다고 느낀 순간이었다. 그때부터 이어진 민족 대이동. 지금도 아찔하다. 사람들이 불꽃이 터진 곳으로 제각기 움직이기 시작했다. 주위의 인파가 금세 사라졌다. 우리는 한동안 벙쪘다가 자리를 정리하고 불꽃의 방향으로 움직였다. 하지만 이미 사람들이 가득했다. 더 들어가기는 민폐였다. 너무 빽빽해서 그쪽으로 가도 잘 보이지 않을 터였다. 웅장한 불꽃 소리와 어디선가 불꽃을 두 눈으로 보며 즐기는 사람들의 탄성만 가득할 뿐이었다.

"포기하자."

너 나 할 거 없이 우리는 지쳐있었다. 극악 수준으로 망해서 이 기분을 도저히 복구할 수 없을 것 같았다. 돌아가는데도 사람이 많아서 제대로 빠져나가지 못하고 정체되었다. 이 길이 나가는 길인지도 모른 채 앞 사람만 보고 따라갔다. 불꽃은 여전히 빵빵 터지고 있는데 볼 수 없다니, 아이러니했다. 어느 지점에 이르러서는 눈물이 핑 돌 정도로 억울해졌다. 지나가지 않기를 바라던 순간은 이렇게 지나가는구나. 괴로워서 무작정 과거의 강으로 흘려보낸 시간이 떠올랐다. 그 시간은 정녕 괴로워하며 보내야 했던 시간인가. 소중한 시간이 되었을 수도 있지 않을까. 지금은 어떤 순간인가. 지금을 이렇게 흘려보내도 될까. 괴로워도, 지나가지 않았으면 싶어도 어쨌거나 제대로 보고, 끝까지 보며 지내야 하는 게 아닐까. 나는 이대로 떠나버리기엔 아쉽다고 생각했다. 오늘의, 지금의 한강이라도 한 번 더 보자. 기를 쓰고 고개를 들었다.

그런데 그 순간 신비한 그림자가 우리 앞에 드리워져 있었다. 그건 가로등이나 도시가 발하는 불빛이 아니라 기적처럼 터지는 불꽃에 가까운 그림자였다. 뭔가 싶어 슬쩍 뒤를 보았는데 어두운 밤하늘을 색색으로 수놓는 거대하고 완전한 모습의 불꽃과 눈이 마주쳤다. 그토록 바랐던 순간이 거기에 있었다. 거기가 명당이었다.

"그래, 이거야."

친구와 나는 뒷걸음질 치는 이상한 자세로 불꽃축제를 구경했다. 그날 경험했던 모든 실망과 인생에서 시시함을인생에서의 시시함을 싹 잊게 만드는 불꽃이 그렇게 한 시간 넘게 하늘을 채웠다. 엄청난데, 싶으면 더 엄청난 규모의 불꽃이 하늘에 새겨져 나는 끝없이 확장되고 커지는 느낌을 받았다.

축제가 끝나고 근처 역으로 몰려드는 인파를 피해 한강을 건너면서 친구와 나는 각자 이 순간을, 이 시절을 되새기고 있었다. 지쳐서 서로 말은 하지 않았으나 알 수 있었다. 달빛과 도시의 빛을 받은 한강이 유릿가루 같은 윤슬을 비추며 흘러갔다. 그 불규칙한 뒤척임이 무척이나 아름다웠다. 그저 지나갔으면 하며 보냈던 시절들도 문득 뒤돌아보고 싶어지는, 밤이었다.

축제는 누구에게나 열리지 않는다.

내 인생에 기억하고 싶지 않은 날들이 언제냐고 물어보면 기꺼이 '고등학교' 때라고 대답할 것이다. 고등학교 때 가장 황당하면서도 지독하게 외로웠던 날이 있는데 바로 '학교 축제'다. 이미 너무 오래전이라 몇 학년 때였는지 기억도 안 나지만 그날의 기억은 생생하게 남아 있다.

중학교를 졸업하고 누구나 그렇듯 인문계로 가게될 줄 알았다. 그런데 당시 나는 그림에 푹 빠져 있었고 인문계 고등학교에 가면 내 꿈을 이룰 수 없을 거로 생각했다. 엄마는 인문계에 가라고 계속 설득했지만, 기어코 내 고집대로 디자인과가 있는 고등학교에 입학했다. 그때부터 조금은 다른 고등학교 생활이 시작됐다.

다른 친구들이 국·영·수·과 사의 일반 과목을 배울 때 우리는 디자인에 관한 전반적인 이론과 실습을 했다. 기업 로고 이미지를 만드는 시각 디자인부터 제품 패키지 디자인과 도시 디자인의 일종인 환경 디자인까지 골고루 접했다. 그러다 보니 실습 시간만 연달아 4시간이나 할 때도 많았다.

디자인은 치열한 아이디어 싸움이다. 아이디어 스케치를 여러 장 그려서 내면 그중 하나를 선생님이 선택해 주신다. 그렇게 통과된 디자인을 바탕으로 실제 작업에 들어가 결과물로 만들기를 반복했다. 내 작품은 조악하고 황당하기 짝이 없었지만, 아이디어가 기막히게 좋은 친구들 건 혼자 보기 아까울 정도였다. 그러던 어느 날 축제 때 전시회를 한다는 소식이 들려왔다.

과별로 여러 가지를 하지만 우리 과는 교실 한쪽을

빌려 지금까지 만든 작품 중 잘 된 것 몇 개를 두기로 했다. 이것저것 많이 만들었지만 가장 기억에 남는 건 환경 디자인이다. 환경 디자인은 도시 일부분을 디자인하는 건데 크기도 꽤 크고 작은 건물과 나무 등을 표현해야 하는 고된 작업이었다. 시간이 오래 걸리고 어려워서 우리 조는 결국 완성하지 못했다. 심지어 디자인과 통틀어 완성한 팀이 별로 없었다.

그렇게 힘들게 올려놓은 작업물을 많은 사람 앞에서 보이는 거라 기분이 썩 괜찮았다. 나에게 전시장을 지키라는 명령이 떨어지기 전까지 말이다.

우리 과에서 가장 만만한 게 나였는지, 아니면 순해 보여서 그런지, 학교에 적응하지 못하고 떠돌아 심심해 보여 시켰는지는 모르겠다. 하루는 선생님께서 말씀하셨다.

"전시장에 인원이 없는데 자리 좀 지켜줄래?"

"네."

당시 나는 마땅히 같이 놀 친구도 없었고, 오히려 할 일이 생겨서 괜찮다고 생각했다. 게다가 선생님의 말씀을 거절할 수 없었고 그래서는 안 된다고 생각할 정도로 순진했다.

그날 같은 반 학생들이 삼삼오오 축제를 즐기러 여기저기 다닐 때 나는 전시장을 홀로 지켰다. 아무도 없는 텅 빈 교실 한쪽에 디자인과의 작품이 잔뜩 올려져 있었고 그걸 보러 오는 사람은 시간이 흘러도 개미 한 마리 오지 않았다. 모두가 힘겹게 만든 작품도 사람도 관심하나 받지 못하는 퍽 고독한 시간이었다.

혼자 조용히 앉아 창밖을 보니 하얀 하늘이 눈에 들어왔다. 곧이어 "와!" 하는 학생들의 즐거운 비명이 들렸다. 도대체 무슨 일이길래 저렇게들 좋아하나 싶어 궁금했지만, 자리를 지켜야 해서 나가볼 수도 없었다. 하얀 하늘이 점점 파란색으로 물들어 갈 때까지 즐거운 비명만 듣고 홀로 궁금해하던 청소년기 나의 축제는 그저 그렇게 끝났다.

선생님이 한 번은 와 볼 줄 알았는데 본인들도 바쁜지 아무도 신경 써주지 않았고, 나를 배려한 사람은 아무도 없었다. 다 끝나고 나서야 선생님이 등장해서 한마디 툭 무심하게 던졌다.

"아직도 여기를 지키고 있었어?"

고생했다는 말 한마디 제대로 듣지 못한 어린 시절의 나에게 축제란 오히려 외로움이 더한 시간이었다.

허탈하고 허무하고 그저 쓸쓸했던 그날.

축제가 모두에게 관대할까?

아니다. 축제는 누구에게나 열리지 않는다.

불꽃놀이를 보며

'행복이 가득한 불꽃놀이 축제에 여러분을 초대합니다'

익숙한 문구들이 적힌 종이들이 널리고 널렸다

눈물이 차오른다

'행복이 가득한 불꽃놀이'…

정말로 오늘 나의 하루는 행복할까

너와 마지막으로 함께 한 날인데 정말 행복할까

그 불꽃놀이 축제에 가면 슬픔이 행복으로 바뀌어서 이 하루를 행복으로 마무리할 수 있을까

그게 가능은 할까

정말로 말이 될까

하지만 지금 나의 발걸음은 불꽃놀이 축제로 향하고 있다

단순히 저 문구가 끌렸을까 아니면 너와 가지 못한 아쉬움에 가는 것일까

도착한 그곳은 시끄럽고 덥고 사람이 많았다

하지만 축제가 시작하고 아름다운 불꽃놀이를 본 그 순간은 너무 아름다웠다

너의 모습이 수도 없이 생각난 순간이기도 했다

우리가 다시 이어질 수 없는 이유를 수도 없이 생각해 보기도 하고 내가 널 싫어해야 하는 이유를 수도 없이 생각해 보기도 한다

하지만 결국 우린 서로 갈 길을 가기 위해서라는 단순한 결과가 나왔다

불꽃놀이가 끝날 때쯤은 내가 널 놓아줄 수 있는 순간이었다

포레스트 웨일 공동 작가

저랑 축제 갈래요?

2023년 09월 06일 발행

지은이	윤도리 | 꿈꾸는쟁이 | 리온 | 모지랑이 | 체누(ch.e.nu) | 김동방 윈터 | 서리 | 글짱 | 장예원 | 사각사각 | 다담 | 문 소연 | BlueMoon 김혜연 | 김승현 | 유준영 | 미나 | 기록 그리고 기억 | Yunsthinking 성유진 | ED | 빈집털이 | 김원민 | Labee | 수현 | 연분홍 | 사랑의 빛 젤라 | 오지 | 박세용 | 이상 | 쿠크타스 | 안태준 | 강다은 메리골드 작가

디자인	포레스트 웨일
펴낸이	포레스트 웨일
펴낸곳	포레스트 웨일
출판등록	제2021 - 000014 호
주소	충남 아산시 아산로 103-17
전자우편	forestwhalepublish@naver.com

종이책	979-11-92473-75-8
전자책	979-11-92473-74-1

ⓒ 포레스트 웨일 | 2023

작가님들과 함께 성장하는 출판사
포레스트 웨일입니다.
작가님들의 소중한 원고를 받고 있습니다.
forestwhalepublish@naver.com